麒麟传媒·尚書房 出品
www.qlpress.cn

生活·认知·成长
青春励志故事

笑如花儿绽放

情愫卷

杨晓敏◎主编

地震出版社

图书在版编目（CIP）数据

笑如花儿绽放：情愫卷／杨晓敏主编．—北京：地震出版社，2012.2
（生活·认知·成长青春励志故事）
ISBN 978-7-5028-4015-0

Ⅰ.①笑…　Ⅱ.①杨…　Ⅲ.①小小说—小说集—中国—当代
Ⅳ.①I247.8

中国版本图书馆 CIP 数据核字（2012）第 023468 号

地震版　XM2610

笑如花儿绽放——情愫卷
主　　编：杨晓敏
执行主编：马国兴　王彦艳
责任编辑：赵月华
责任校对：孔景宽　凌　樱

出版发行：地震出版社
北京民族学院南路 9 号　　邮编：100081
发行部：68423031　68467993　　传真：88421706
门市部：68467991　　传真：68467991
总编室：68462709　68721982　　传真：68455221
E-mail：seis@mailbox.rol.cn.net
http：//www.dzpress.com.cn
经销：全国各地新华书店
印刷：北京振兴源印务有限公司

版（印）次：2012 年 4 月第一版　2012 年 4 月第一次印刷
开本：710×1000　1/16
字数：200 千字
印张：15
书号：ISBN 978-7-5028-4015-0/I（4690）
定价：26.00 元

序

杨晓敏

好书是具有生命力的。一本好书，我们拿在手上，揣在兜里，或者放在枕边，会感觉到它和我们的心一起跳动。在日常的学习生活中，我们每天都在用最经济的时间、精力和财力，收获着超值的知识、学问和智慧，于是我们自己，就在一天天地充实厚重起来。

优秀的短篇小说，就是这样的好书。它是顺应现代人繁忙生活而发展成的一种篇幅短小的小说。跟一般小说一样重视场景、个人形象、人物心理、叙事节奏。优秀的作者可写出转折虽少却意境深远，或转折虽多却清新动人的作品。

现在，许多优秀的作者舒展超感的心灵触觉，用生花的妙笔，把小小说从文学神坛上牵引下来，在我们广大读者面前，展现出一幅幅五颜六色的生活画卷，或曲折离奇，或险象环生，或嬉笑怒骂，或幽默诙谐。于是，阅读一本小小说，就成了繁忙生活的轻松点缀，紧张学习的有效调剂，抹平了你我微皱的眉头，漾起了会心一笑的嘴角。

我们精心编选的这套“生活·认知·成长青春励志故事”小小说丛书，每一辑都包含了“悟性”“创意”“想象”“品味”“风尚”“情愫”六卷，并围绕这六个主题，选取当代国内知名作家的精品力作，各自汇编成书，具有强劲的文学感染力。篇篇都耐人寻味，本本都精挑细选，既是青少年认识社会的窗口、丰富阅历的捷径，又堪称写作素材的宝典。作品遴选在注重情节奇巧跌宕，阅读效果峰回路转、柳暗花明的同时，注重价值取向，旨在引导青少年全面、客观地认识社会，开阔视野和胸怀，提高综合素质，进而确立正确的人生观、价值观。

在这套书里，我们推荐给青少年读者的是充满活力的大众文化形态的小小说佳品荟萃。所选择的作品，尽量体现质朴单纯，而质朴不是粗硬，单纯不是单薄；体现简洁明朗，而简洁不是简单，明朗不是直白。它们是理性思维与艺术趣味的有机融合，是人类智慧结晶的灵光闪烁，是春风化雨滋润心灵的真情倾诉，是鲜活知识枝头的摇曳多姿，是青少年读者嗅得着的缕缕墨香。

知识没有界线，可以人类共享，只要是具有优良质地的文化产品，都能互补、渗透、影响和给人以启迪。任何一粒精壮的知识种子，播撒在人们的心灵深处，都会开出艳丽的花朵，结成高尚的果实。

青年出版家尚振山先生以极大的热情，独到的眼光，精心策划了这一套“生活·认知·成长青春励志故事”丛书，我和同仁马国兴先生、王彦艳女士应邀参与编纂，当然也愿意大力推荐给广大青少年朋友们。

2012 年春

笑如花儿绽放 contents 目录

月照野葱地

○杨晓敏

人称“雪域孤岛”的边境线上的K号哨所，常年把绿色生命禁锢着。尽管各级领导千方百计地解决哨所的困难，但诸如新鲜蔬菜、水果、鲜肉的供应几乎一年无几。人体需要维生素，不吃新鲜蔬菜就断了维生素的正常来源，其后果就是指甲翻翘，头发稀疏，体质下降。

中秋节，雪山上的月亮又大又圆，在没有空气污染和阴翳遮掩的大气层里悬晃着。将军到K号哨所视察工作，并和边防战士共度中秋良宵。将军带来了月饼、苹果，更带来了温暖。如同白昼的明月下，将军雄壮浑厚的笑声和战士们稚嫩的笑声汇在一起，响彻在这片被生理学家视为“生命禁区”的雪线上。“有什么话就给我说吧。”将军慈祥地望着一个个黝黑的脸庞，心疼地说。

一名老战士对将军说：“将军，您今天下午到界桩跟前去察看时，一定看到在那片松软的沼泽地上，滋长着一大片野葱苗。我爱好文学，构思出一篇小说，想征求一下您的意见。

“将军，您知道野葱地被界桩一分为二，我的故事也就从这儿开始。别小看这块不起眼的野葱地，它可是我们哨所战士的一片春天啊。野葱是一种中草药，性温味辛，有发汗散寒、消肿健胃的功能，可以治疗伤风感冒、腹部冷痛、消化不良等病。野葱加蜂蜜捣烂外敷可以接骨。平常我们来挖点儿野葱，靠它来补充人体维生素。如果能猎到几只野兔，用野葱包成鲜肉饺子，更是哨所最好的美餐了。哨所战士需要挖野葱吃，而友好的邻国边民同样也来挖野葱调剂生活。”

将军听得津津有味，颌首微笑：“小说开头不错，甩出第一个‘小包袱’，打个伏笔，有吸引力。”

老战士呷了一口水：“哨所战士去挖野葱时，和邻国的几个挖葱姑娘相遇了。少女们长得很漂亮，也不羞涩，她们大胆地揭去面纱，个个脸色如月，眸若点漆，鼻翼旁镶着黄澄澄一颗金饰，葳蕤的长睫毛里，轻轻漾起两潭春水。野葱地联结的，绝不仅仅是属于国与国之间的友谊。其中有一个娇媚的女郎，边挖野葱边唱诱人的歌儿，爱用眼睛弹奏敏感的灵犀。战士们喜欢这群天真烂漫的邻国少女，常把挖好的野葱掷过界桩，让她们装满皮口袋，然后挥手相别，恋恋不舍地目送姑娘们的倩影在夕照里远去。从此哨所的沉闷气氛一扫而光，溢满欢歌笑语。哨长的思想工作少多了。有一天气温骤降，暴风雪猝然袭击了野葱地。那个如花似玉的妙龄女郎差点儿被冻死在界桩旁。碰巧我们的战士去巡逻，见状急忙把她背回哨所抢救。姑娘康复了。从那以后，她再来挖野葱时，总要从溪水旁采撷一束长着细碎花朵的金蜡梅，放在界桩上，以示谢意。”

“嗯，你的故事优美委婉，边塞味很浓。铺垫完了，该进入高潮了吧?”将军听着，若有所思。

“将军，后面的故事是这样的。挖野葱以及邻国姑娘送鲜花的事被上级知道了，个别领导沉不住气了，说是‘谈恋爱都谈到外国去了’、‘小资产阶级情调’、‘涉外事件’等，后来到哨所整顿来了。他从小车里钻出来，首先规定的就是‘今后哪怕天天吃老梭镖（海带、脱水菜、粉条），也不能再去挖野葱’。战士们的笑脸消失了，晴朗的天空布上一层阴云。大家闷闷不乐地围在牛粪火旁抽烟，躺在草地上睡觉，连训练、劳动都有人装肚子疼。整顿完毕，领导准备下山，然而，一夜之间大雪封山，返程受阻了。几天后，这位领导的食欲下降，一看见饭桌上的老梭镖就会呕吐不止。

“他终于躺倒了，面色蜡黄。哨所的卫生员给他检查后说，‘您患了脱水菜过敏征。战士们吃惯了老梭镖，肠胃早已形成习惯。您吃上三五顿老梭镖还可以坚持，久了没有新鲜蔬菜补充，自然要出现这种症状。如果不及时调整食物结构，补充营养，恐怕……’‘会怎么样?’首长忧心忡忡。卫生员回答，‘现在大雪封山，您十天八天也离不开哨所，唯一救急的办法是……去扒开积雪，挖点儿野葱根，熬点儿汤喝，或许会好一些。’听到这里，他猛地睁开浮肿的眼皮，张了半天口也没说出什么来……将军，我的小说故事在结尾时发生矛盾。让这位领导康复吧，就得去挖野葱，但固执而爱面子的领导却未必肯收回自己当初的规定。将军，您看是让他痊愈呢还是让他继续病倒呢?”

将军听罢，喟然长叹，沉吟良久，沉郁地说道：“像这样昏聩的官僚主义者，让他多受几天苦才会清醒些。小伙子，你的小说构思很好，但愿现实生活中不要出现这样的现象。你写出来吧，对很多人都会有教育意义——包括我这个西藏军区的老战士。”

哨长劝阻将军说：“这山高天寒，能来到哨所看望我们，我们就像见了父母亲人一般温暖。雪山上的夜里太冷，您这年龄会受不了的。”

“这有什么受不了的，我的身子骨儿硬朗着呢，再说，我如果不在哨所亲身感受一番，怎么能经常想到你们这些雪山哨兵的辛苦呢?”

夜晚，寒风飕飕，战士们和将军挤在宽大的通铺上，倍感温暖。

临别时，将军指示陪同的干部说：“战士们在条件这么恶劣的环境里巡逻放哨，我们有什么理由不关心他们?!一定要千方百计地搞好一线部队的生活管理，一年后，我再到K号哨所来检查落实情况。”

将军走了，将军的关怀却留在哨所。宿舍的墙壁上，一根绳子系着将军带来的苹果，永远悬挂在战士们的心里。可是将军却再也不能重踏K号哨所来——那是4个月后，将军在踉跄地攀登通向另一个偏远哨所的羊肠山道时，那双扯着马尾的大手，猛地一阵痉挛，继而松脱了……高原恶劣的气候使他的冠心病猝发，不幸以身殉职。噩耗传来，K 号哨所的战士手捧那只早已干瘪的苹果，在漫天飞雪中痛哭不已，声震四野。

战士们联名写了一份唁电，发往某报社。

报上始终没有登。

——K 号哨所太小了。

青龙偃月刀

〇韩少功

何爹剃头几十年，是个远近有名的剃匠师傅。无奈村里的脑袋越来越少，包括好多脑袋打工去了，好多脑袋移居山外了，好多脑袋入土了，算一下，生计越来越难以维持——他说起码要九百个脑袋，才够保证他基本的收入。这还没有算那些一头红发或一头绿发的脑袋。何爹不愿趋时，说年轻人要染头发，五颜六色地染下来，狗不像狗，猫不像猫，还算是个人？他不是不会染，是不愿意染。师傅没教给他的，他绝对不做。结果，好些年轻人来店里看一眼，发现这里不能焗油和染发，更不能做负离子和爆炸式，就打道去了镇上。

何爹的生意一天天更见冷清。我去找他剪头的时候，在几间房里寻了个遍，才发现他在竹床上睡觉。

“今天是初八，估算着你是该来了。”他高兴地打开炉门，乐滋滋地倒一盆热水，大张旗鼓进入第一道程序：洗脸清头。

“我这个头是要带到国外去的，你留心一点剃。”我提醒他。

“放心，放心！建伢子要到阿联酋去煮饭，不也是要出国？他也是我剃的。”

洗完脸，发现停了电。不过不要紧，他的老式推剪和剃刀都不用电——这又勾起了他对新式美发的不满和不屑：你说，他们到底是人剃头呢，还是电剃头呢？只晓得操一把电剪，一个吹筒，两个月就出了师，就开得店，那也算剃头？更好笑的是，眼下婆娘们也当剃匠，把男人的脑壳盘来拨去，耍球不是耍球，和面不是和面，成何体统？男人的头，女子的腰，只能看，不能挠。这句老话都不记得了吗？

我笑他太老腔老板，劝他不必过于固守男女之防。

好吧好吧，就算男人的脑壳不金贵了，可以由婆娘们随便来挠，但理发不用剃刀，像什么话呢？他振振有词地说，剃匠剃匠，关键是剃，是一把刀。剃匠们以前为什么都敬奉关帝爷？就因为关大将军的功夫也是在一把刀上，过五关，斩六将，杀颜良，诛文丑，于万军之阵取上将军头颅如探囊取物。要是剃匠手里没有这把刀，起码一条，光头就是刨不出来的，三十六种刀法也派不上用场。

我领教过他的微型青龙偃月。其一是“关公拖刀”：刀背在顾客后颈处长长地一刮，刮出顾客麻酥酥的一阵惊悚，让人十分享受。其二是“张飞打鼓”：刀口在顾客后颈上弹出一串花，同样让顾客特别舒服。“双龙出水”也是刀法之一，意味着刀片在顾客鼻梁两边轻捷地铲削。“月中偷桃”当然是另一刀法，意味着刀片在顾客眼皮上轻巧地刨刮。至于“哪吒探海”更是不可错过的一绝：刀尖在顾客耳朵窝子里细剔，似有似无，若即若离，不仅净毛除垢，而且让人痒中透爽，整个耳朵顿时清新和开阔，整个面部和身体为之牵动，招来嗖嗖嗖八面来风。气脉贯通和精血涌动之际，待剃匠从容收刀，受用者一个喷嚏天昏地暗，尽吐五脏六腑之浊气。

何师傅操一杆青龙偃月，阅人间头颅无数，开刀、合刀、清刀、弹刀，均由手腕与两三个指头相配合，玩出了一朵朵令人眼花缭乱的花。一把刀可以旋出任何一个角度，可以对付任何复杂的部位，上下左右无敌不克，横竖内外无坚不摧，有时甚至可以闭着眼睛上阵，无须眼角余光的照看。

一套古典绝活儿玩下来，他只收三块钱。

尽管廉价，尽管古典，他的顾客还是越来越少。有时候，他成天只能睡觉，一天下来也等不到一个脑袋，只好招手把笑花子那流浪仔叫进门，同他说说话，或者在他头上活活手，提供免费服务。但他还是决不焗油和染发，宁可败走麦城也决不背汉降魏。大概是白天睡多了，他晚上反而睡不着，常常带着笑花子去邻居家看看电视，或者去老朋友那里串门坐人家。从李白的“床前明月光”，到白居易的“此恨绵绵无绝期”，他诗兴大发时，能背出很多古人诗作。

三明爹一辈子只有一个发型，就是刨光头，每次都被何师傅刨得灰里透白，白里透青，滑溜溜地毫光四射，因此多年来是何爹刀下最熟悉、最亲切、最忠实的脑袋。虽然不识几个字，三明爹也是他背诗的最好听众。有一段，三明爹好久没送脑袋来了，让何爹算着算着日子，不免起了疑心。他翻过两个岭去看望老朋友，发现对方久病在床，已经脱了形，奄奄一息。

他含着泪回家，取来了行头，再给对方的脑袋上刨一次，包括使完了他全部的绝活儿。三明爹半躺着，舒服得长长吁出一口气：“兄弟，我这一辈子抓泥捧土，脚吃了亏，手吃了亏，肚子也吃了亏啊。搭伴你，就是脑壳没有吃亏。我这个脑壳，来世……还是你的。”

何爹含着泪说：“你放心，放心。”

光头脸上带着笑，慢慢合上了眼皮，像睡过去了。

何爹再一次“张飞打鼓”：刀口在光亮亮的头皮上一弹，弹出了一串花，由强渐弱，余音袅袅，算是最后一道工序完成。他看见三明爹的眼皮轻轻跳了一下。

那一定是人生最后的极乐。

没有生日的妈妈

○梁小萍

妈妈说她的生日是大年初一，我小时候特别羡慕妈妈的生日。

我心想姥姥一定最偏爱妈妈，所以才挑了一个那么喜庆的日子给妈妈做生日。我曾稚气地对妈妈说："妈妈怎么不学姥姥也把我生在大年初一呢？那样子我就和妈妈一起过年过生日了。"

妈妈说："大人过什么生日，生日就是一个记号。"

每年过年前一个月，妈妈就开始给我们兄妹几个准备新衣服，七十年代按定量凭布票买布，妈妈攒了一年的布票也不够给我们每一个孩子都做一套新衣服，只好是大孩子穿新鞋子，小孩子穿新衣服，因为大孩子喜欢新鞋子，小孩子都偏爱新衣服，妈妈总是尽量满足我们每一个人的喜好。忙完了我们小孩子，妈妈还要办年货大扫除，洗洗涮涮就到了年二十九，年三十准备年夜饭、守岁放炮。大年初一清早吃饺子，大人们招呼亲朋好友、左邻右舍走亲拜年，我们小孩子也都结伴玩耍嬉闹，妈妈的生日就和节日一起过了，谁也没有刻意地给妈妈过生日，其实到了过年那时候大家一忙一玩，都忘了妈妈过生日这一回事了。

一年年的过得真快，后来我到外地上学，每年假期都会回家过春节，而且长大了也知道给家里带一些当地特产做年货。那天我在商场买特产，路过一个柜台时，我随意瞟了一眼就走不动了，那条围巾好美！真丝面料，淡淡的湖蓝底色，盛开着朵朵洁白的栀子花。看到栀子花想到了妈妈，妈妈最喜欢栀子花了。我突然想到这么多年了，我怎么就从来没有给妈妈过个生日呢？妈妈的生日不是比过年更重要，我心里一下子内疚起来，我买下了那条丝巾，请售货员用包装盒装好，还特意在包装盒上用粉红丝带做了一朵花，准备春节回家时给妈妈一个惊喜，这还是我长这么大第一次给妈妈买生日礼物。

大年初一，我把生日礼物送给妈妈，妈妈接到礼物时表情很惊讶，我看着有点失望，我还以为妈妈收到礼物会很惊喜呢！可是我转念一想，心里却又更内疚了，从来没有过生日的妈妈自然也从来没有收到过礼物，我的老妈居然连享受收礼物的快乐都不会啊！妈妈拿出围巾看了又看，对我说围巾真好看，这花跟真的一样。说着妈妈脸上露出了笑容，看到妈妈高兴了，我也特别开心，原本的内疚也瞬间烟消云散了。

我说："妈妈，我以后每年都会给你过生日。"

妈妈说："过一个生日就行了，以后不用买礼物了，今天不是妈妈的生日。"

我说："妈妈不是说大年初一是你的生日吗？"

妈妈说："我没有生日。"

我很纳闷，说："妈妈怎么会没有生日呢？那么大年初一是谁的生日？"

妈妈说："你姥爷姥姥把妈妈的生日忘记了，妈妈大年初一是生日只是为了记住自己多少岁了。"

没想到我一直以为最受姥爷姥姥偏爱的妈妈原来那么可怜，居然连个生日都没有。姥爷姥姥在世的时候，妈妈对他们那么孝顺，再说又不是孩子多，他们一共就妈妈和舅舅两个孩子，哪有父母记不住孩子生日的。我还记得原来每次舅舅过生日，姥爷姥姥都会提前好多日子就嘱咐我们，到时候一定要回老家给舅舅过生日。说到这，我仔细搜索了一下记忆，好像原来过年，姥爷姥姥还真的都没提过妈妈生日这一回事。我真是越想越气愤，他们太重男轻女了，为什么单单只忘了妈妈的生日，舅舅的生日却忘不了。

我很生气，妈妈反倒没什么，对我说："不是你想的这样的。你姥姥一共生了九个孩子，旧社会家里穷又赶上天灾，九个孩子死了七个，最大的都养到五岁还是病死了。有一回，一天就死了两个孩子，可怜你姥姥每次提起来都伤透了心，最后只剩下我和你舅舅两个。你舅舅还算好，一生下来就挺壮实的，我就不行了，一出生就很弱，你姥爷姥姥就听老辈人说啊，说孩子出生如果不记生辰，小鬼就叫不去了，于是他们就一直说我没有生的时辰。后来我也问过他们，我说那都是迷信，告诉我生辰吧，可是他们就是不说，也不知道他们是迷信不愿意说呢，还是天长日久真的把妈妈的生日忘记了。"

我那一股脑子的怨气早就被妈妈的一番话说没了，姥爷姥姥还是非常疼爱我妈妈的，只是表达爱的方式不一样，他们是怕失去自己的孩子。

以后的日子，我也没再给妈妈过生日。不是因为妈妈没有生日就不过了，而是我看着妈妈越来越苍老，身体一年不如一年，我心里突然害怕了，我倒真希望迷信不是迷信，就如老辈人说的那样：没有生辰，小鬼叫不去。我也怕，怕有一天会失去我亲爱的老妈啊！

永远的鹤

〇聂鑫森

太阳渐渐地西斜了，红红的夕阳洒遍了偌大的一片湿地保护区。水如胭脂，而露在水面一小块一小块并不相连的沙洲上，萋萋芳草也变得绿里渗红。那些丹顶鹤，或在水边觅食，或在沙洲上尽兴地起舞，或振翅高飞，发出一串串清脆的长唳。

年轻的谭立，一个人在望竹楼上，整整厮守了一天。师傅杜三早饭后，驾着船领给养去了。他要把船划出湿地，三十里水路啊，再泊船上岸，用一担箩筐去镇里的林管所把肉食、蔬菜、烧柴连同一个星期的报纸挑回船上，然后再回到这里。回来的时候，天就落黑了。

临走的时候，杜三对谭立说："你给我睁大眼睛，好好地看住这些鹤，它们正在发情，得防着那些盗鹤的贼人。"

谭立说："师傅，我都做了三年护鹤工了，你放心吧，保管一根鹤毛也掉不了。"

谭立就这样守了一天，拿着望远镜看了一天，盗鹤贼连个影子也没有，却让他越看越感到寂寞。公鹤母鹤成双成对，互相嬉戏，互相唱和，情意绵绵。而他呢，至今还没有女朋友。整个湿地保护区，除了师傅杜三和他，连女鬼都没有一个，更别说女人了。师傅比他大五岁，也是个单身，在这里一干就是十年。他不想做中饭，就用开水泡了包方便面咽下去。现在肚子里"咕咕咕"地响着，那是一种饥饿的声音。

忽然，谭立听见有凄厉的鹤唳声传来，拖得很长，带着颤音。谭立大吃一惊，收拢思路，拿起望远镜仔细地搜索起来。他看到在三百米开外的一片浅浅的水面上，一只母鹤的细腿似乎被什么咬住了，正在拼命地抖翅挣扎；旁边的一只公鹤，焦急地胡乱扑打翅膀。是什么咬住了母鹤的细腿呢？这地方当然没有鳄鱼，那是什么？

谭立操起一把木桨，顺着竹楼的梯子飞快地下到地面，再跑到水边，解开船缆，“咚”地跳上船，然后着力地划起桨来。小船绕过一块一块沙洲，迂回着朝母鹤那个地方划去。虽是暮春时分，风凉嗖嗖的，不一会儿，谭立的脊背后就渗出了一层热汗。

小船划到离那母鹤还有十米远的地方，水浅得载不动船了。水很清澄，看得见水底密密匝匝纠结在一起的水草，像柔软的绿绒毡毯，很小很小的鱼儿成群结队地游在上面。他突然明白了，肯定是水草缠住了母鹤的细腿，越挣扎缠得越紧。他突然骂了一声：“只晓得快活的东西，你往那水草里钻什么，活该！”

谭立停下船，把鞋、袜、外长裤脱下来，下面只剩下一条很旧的短裤。他下意识地用手按住了短裤，仿佛怕被人看见，但马上又笑了：谁看呢？想给人看都没人看呀！他跳到水里去，水不深，刚到小腿那地方。他一步一步朝母鹤逼近。

公鹤见有人来，“呼”地飞了起来，母鹤吓得更加惊惶地鸣叫。

“你们怕什么，真不懂事，我是来救你们的！”

水渐渐地深了，底下软软的。踩在厚厚的水草上，脚板心痒痒的，好像被柔软的手指搔着，搔得他浑身发软发酥。

终于走到母鹤的身边。就在这一刻，他感到身子猛地往下沉去。水先是到了膝关节，再往上漫，漫到了大腿根，再漫到了腰部。这一切来得太突然，让他猝不及防。他慌了——分明遇着沼泽地了！他想挣扎着把身子往上抬，身子却沉重如铁，依旧往下沉去。他冷静下来，伸出手去抚着母鹤的细腿，从上向下摸向鹤的趾爪，果然是被水草缠了一道又一道。他用双手迅速扯断那些水草。母鹤也似乎明白了这个人是来解救它的，变得很温驯，眨巴着眼睛感激地望着他。水草都扯断了，谭立双手托起母鹤的身子，往上使劲一送，母鹤就着力张开翅膀腾空而起。

水已经淹到谭立的脖子了。

他仰起头，看见公鹤和母鹤联翩而飞，围绕着他飞了一圈又一圈。他心里突然有了某种冲动，想和鹤说点什么。说点什么呢？鹤又听不懂他的话！他想他可以做一个手势，让鹤知道是什么意思。于是，他高高地举起右手，把五个指头并拢，再把并拢的手指弯成一个直角，就像鹤的长喙。“你们懂了吧，我也是一只鹤！”

谭立的身子继续往下沉，水淹过了他的头顶，一直淹到他右手手腕，才似乎落到了实处。水面上留着一截“鹤”的脖子和“鹤”的喙，凝然不动，如一座雕塑。

杜三是天快黑的时候回来的，上到竹楼上，不见了徒弟谭立，慌忙拿起望远镜朝四面扫视。他发现了那只小船，发现了那只伸出水面的手臂，立刻明白了是怎么一回事。杜三哭喊着“谭立！谭立！”狂奔下楼，重新操桨划船，朝那地方飞驰而去……

不久，在湿地保护区的门口，出现了一座用不锈钢铸造的雕塑：一只向上高高举起的手臂，五指并拢并弯成鹤喙的形状……

国　宝

○刘　齐

刚到美国杜克大学时，老万领我和另一个新来的王小姐参观东校园图书馆。

图书馆洋溢着陈年老卷贮存过多消化不良而特有的纸张气味，这气味因大厅里的清静无声而显得分外浓郁。

在楼梯拐角的橱窗里，赫然陈列着蒋介石和宋美龄送给一个美国人的礼品，还有蒋宋二人的亲笔签名。

老万轻声说："蒋委员长的老泰山，也就是宋氏三姐妹的父亲查理·宋，当年就是这儿的学生。美国培养他读神学，是想叫他回中国艰苦奋斗，开创局面。他却迷上了西洋美女，和房东的小姐卿卿我我，如胶似漆，有长期扎根的迹象。"

"不打算社来社去了。"我说。

"什么社来社去?"王小姐不解。

"贫下中农进城念大学，毕业了还得回公社。这是政策，毛主席批准的。"我说。

"后来呢?"王小姐问。

"后来自然闹得满城风雨。老美说，绝不能让查理·宋完全适应西方的舒适生活，在他还没有彻底忘掉中国之前，尽快把他送回去。"

"老美比他更关心中国。"我说。

“老美也棒打鸳鸯。”王小姐说，“查理·宋没在这儿念完？”

“没念完。他到田纳西去了。”

静静的阅览室里，学生们散坐在各个角落伏案苦读或冥思苦想。

三人信马由缰，随意浏览。橱窗、立柜、条桌、墙壁，四处可见各类古董，装点着即使不装点也已经够文雅了的环境。

几件奇异的衣衫引起我的注意。走过去，隔着玻璃细打量，居然是我们大清国带马蹄袖的锦缎官服。

几步远的地方，还摆一些咱国古画古玩，被动地、无可奈何地承受着美国枝形吊灯光线狎昵的抚摸。

“你看什么呀，贴这么近？别给人弄坏了。”王小姐说。

“看指纹，查查谁偷的，回头找他们下一代说道说道。”我正气凛然。

“有指纹也是图书管理员的，摆这儿的东西都是买的捐的，不定倒几回手了呢。”老万笑说。

“动作倒挺麻利，没等咱生下来呢，就下笊篱了。难怪我妈叫我从小就朴素——干货早让人捞走了，不朴素行吗？”我叹了口气，仰望天花板，斜视墙旮旯。

“这会儿你又看什么？”王小姐问。

“看看有没有暗道机关。你们先走一步，把车腾出空。我隐蔽起来。这地方书虫子多，没什么警卫部队，藏个把人玩似的。半夜里猫叫为号，里应外合，把咱国宝抢救出来。”

“这些还算不上国宝。”老万说，“你们去过纽约大都会博物馆吗？那儿有个中国展厅，展品又多又好，几乎件件是国宝，价值连城，在国内根本见不到。防范也严，离展品稍微近一点就吼你，好像中国国宝是美国产的，怕你瞧出门道再仿造一个。”

“那咱们去纽约吧，王小姐。在华人圈里动员一批现代鼓上蚤，飞檐走壁加电子作案，虎口拔牙加顺手牵羊。临走用匕首掼一纸条：现悉数收回贵馆非法占用之中华国宝，外加美国国宝若干作为抵押。限三日内将美国境内其他中华国宝一并交还……交还给谁呀？”

“先交老万保管吧，老万家离得近。”王小姐说。

“那我不就暴露了？我暴露了你们也跑不了。”

“你不会轻易叛变。”我说，“美国讲人道，不灌辣椒水。再说他们理亏，有辣椒水也不敢灌，怕报纸上捅出去丢脸。顶多测测谎，看你是不是冒牌货。假如测谎仪偏向主子，瞪着小红灯眼睛说瞎话，你就发功，嘎巴一声把它给弄短路了。”

“我只会武功，能不能弄坏测谎仪事小，国宝又落人手里事大。没有实力，泪腺再发达也淹不死人。”

“这个理由挺有说服力。”我说，“附近找不到合适人，只好交义和团了。”

“义和团比较靠谱，义和团是当事人。”老万说。

我于是用宣读文件的语速说：“限三日内将美国境内其他中华国宝，一并交还至义和团总部，以赎回美国国宝。多退少补，互不相欠。”

“还有占用费呢——白玩那么长时间了？”

“到底是高才生，有脑子！”我说。

“人还花保管费了呢——高科技保管，一点没坏，让全世界都能参观中国古董。不然哪，早被盖猪圈当脸盆了；或者摆大官家里，想参观都没地儿买票去。”王小姐说。

“好吧，中国国宝占用费保管费相互抵消。美国国宝一百年后完璧归赵，占用费保管费亦相互抵消。”我毅然宣布。

“嘘……小点声，别影响人学习。中国人说话在哪儿都大嗓门。”老万说。

几个读书的洋学生纷纷抬头往这边看。

教你看病

○毕淑敏

儿子比我高了。

一天，我看他有些蔫，就习惯地摸摸他的头。他猛地一偏脑袋，表示不喜欢被爱抚。但我已在这一瞬的触摸中，知道他在发烧。“你病了。”我说。

“噢，这感觉就是病了？我还以为我是睡觉少了呢。妈妈，我该吃点什么药?”他问。

孩子一向很少患病，居然连得病的滋味都忘了。我刚想到家里专储药品的柜里找体温表，突然怔住。因为我当过许多年的医生，孩子有病，一般都是自己在家就治了，他几乎没有去过医院。

“你都这么大了，你得学会看病。”我说。

儿子一脸困惑。

“我的意思是你必须学会生病以后怎么办。”我说。

“我早就知道生病以后该怎么办——找你。”他成竹在胸。

“假如我不在呢?”

“那我就打电话找你。”

“假如……你终于找不到我呢?”

“那我就……就找我爸。”

也许这样逼问一个生病的孩子是一种残忍。但我知道总有一天他必须独立面对疾病。既然我是母亲，就应该及早教会他看病。

“假如你最终也找不到你爸呢?”

“那我就忍着，你们早晚反正会回家。”儿子说。

“有些病是不能忍的，早一分钟是一分钟。得了病以后最应该做的事是上医院。”

“妈妈，你的意思是让我今天独自去医院看病?”他说。虽然在病中，孩子依然聪敏。

“正是。”我咬着牙说，生怕自己会改变主意。

“那好吧……”他抚着脑门儿说，不知是因为虚弱还是因为在思考。

“你到外面去打的，然后到医院。先挂号，记住，要买一个本……”我说。

“什么本?”他不解。

“就是病历本。然后到内科，先到分号台，护士让你到几号诊室你就到几号，坐在门口等。查体温的时候不要把人家的体温表打碎。叫你化验时就到化验室去，先划价，后交费。等化验结果的时候，要竖起耳朵，不要叫到了你的名字没听清……”我喋喋不休地指教着。

“妈妈，你不要说了。”儿子沙哑着嗓子说。

我的心软了。是啊，孩子毕竟是孩子，而且是病中的孩子。我拉起他滚烫的手说：“妈妈这就领着你上医院。”

他挣开来，说：“我不是那个意思。我是说我要去找一枝笔，把你说的这个过程记下来，我好照着办。”

儿子摇摇晃晃地走了。从他刚出门的那刻起，我就开始后悔。我想我一定是世上最狠心的母亲，在孩子有病的时候，不但不帮助他，反而雪上加霜。我就是想锻炼他，也该领着他一道去，一路上指指点点，让他先有个印象，以后再单独去。虽说很可能留不下记忆的痕迹，但来日方长，又何必在意这病中的分分秒秒。

时间艰涩地流动着，我陷入忐忑不安之中。两个小时过去了，儿子还没有回来。我尽管知道到医院看病是个费时间的事儿，心还是痛楚地收缩成一团。虽然我几乎可以毫无疑义地判定儿子患的只是普通的感冒，如果寻找什么适宜做看病锻炼的病种，这是最好的选择，但我还是深深地谴责自己。假如事情重来一遍，我再也不让他独自去看病。万一他以后遇到独自生病的时候，一切再说吧。我只要这一刻他在我身边！

终于，走廊上响起了熟悉的脚步声，只是较平日有些拖沓。我开了门，倚在门上。

“我已经学会了看病。打了退烧针，现在我已经好多了。这真是件挺麻烦的事。不过，也没有什么。”儿子骄傲地宣布，又补充说，“你让我记的那张纸，有的地方顺序不对。”

我看着他，勇气又渐渐回到心里。我知道自己将要不断地磨炼他，在这个过程中，也磨炼自己。

孩子，不要埋怨我在你生病时的冷漠。总有一天，你要离我远去，独自面对包括生病在内的许多苦难。我预先能帮助你的，就是向你口授一张路线图。它也许不那么准确，但聊胜于无。

依靠

○周海亮

到火车站才发现，距开车时间还有三个小时。外面很冷，飘着雪，只好在候车室寻一个座位，掏出一本小说，慢悠悠地看。

跑过来一对急匆匆的男女，农民工打扮，三十多岁的样子。女人在我对面坐下，男人一路小跑，去窗口买票。过一会儿，回来，冲女人扬扬手中的车票，说，还有两个多小时呢。他坐在女人身边，边擦着脸上的汗，边脱掉身上的军大衣。

其实并不热，候车室的气温，也就摄氏三四度，只是男人跑得急罢了。

两个人紧挨着，并不说话。我发现女人好像很困，无精打采的样子。果然，男人看看她，说，你先眯一会儿吧，昨天一夜没睡。车来了我喊你。女人说，那你呢？男人说，我不困，我得看着车，不敢误点。

女人就睡着了。很快，睡得放肆，甚至打着轻微的鼾。开始她坐得端正，慢慢地，身体逐渐倾斜，倒向男人。她倾斜的幅度越来越大，最后，终于完全倚紧了男人。

女人的头歪着，枕着男人的肩膀，在嘈杂混乱的候车室，睡得安稳、香甜。能感觉到男人累了，并且，累的程度正一点一点地增加。一开始他坐得笔直，眼睛看着窗外。后来他的身体开始歪斜。他用右臂撑着座椅，保持一种艰难且怪异的姿势。男人定在那里，像一摞被子，或者一个靠垫。

后来，男人开始发抖。我知道他不仅是累，并且特别冷。他穿着一件织了三种颜色毛线的背心。他的外套，就是那件军大衣。但现在那件军大衣搭在女人的身上。我想他满身的汗水现在已经彻底凉透，也许，连里面的衬衣，都浸透了吧？男人在发抖，可是他不说话，也不动。

看到我在看他，男人冲我尴尬地笑，然后问，能不能帮我打一杯热水？

男人努力保持着上半身的静止，伸长着右手，从脚边一个塑料袋里拿出一个水杯。我走过去，帮他打了满满一杯热水。男人接过水杯，说声谢谢，一边用嘴吹着，一边快速转动杯子，吸吸溜溜地喝着。他试图用滚烫的水，来驱赶难以承受的严寒。

男人一连喝了三杯热水。每一次从我手中接过杯子，他都急急地说一声谢谢，然后急急地把杯子凑近嘴唇。

可是他一直在抖。看得出他想控制，却无论如何也控制不了。

终于，男人看看表，然后轻轻推醒女人，说，该去检票了。女人醒来，叫，天啊，怎么睡了这么久？提了包，拉着男人的手，直奔检票口而去。

男人一边小跑，一边穿着他的军大衣。

不知道他们是要回家还是要外出谋生。只是感觉，那女人，因为有了那男人，有了那肩膀，无论生活怎样动荡，都不会惊惶不安了。

一个朋友

〇王海椿

一个朋友，和我们处得不错。

这个朋友是什么时候进入我们的生活圈子的，如今已不大记得了。总之，他很快就和我们玩得很熟了。

这个朋友个头不高，瘦瘦的，黑黑的，但很精神，整天西装笔挺，给人干净利索的印象。

我们常在一起喝酒。喝酒时他总是选择偏座，主动给我们倒酒。他倒酒很熟练，不用酒壶，瓶盖一打直接倒，一抬手，杯里的酒不满不浅恰到好处。他酒量不小，但有时为了陪我们，还是喝多了。喝多了，就会说一些大话。我们不喜欢听。

不过，在不喝酒的情况下，他很会说话，大多是些恭维的话。细想想，我们谁不喜欢恭维呢？女士新做个发型，喜欢人夸漂亮；男士貌似武大郎，也希望人说潇洒。这个朋友就是能满足你这样心理的人。比如说，你明明一官半职都没有，他见了你却恭维地一笑：“领导来啦！”并给你递烟倒水，弄得你在他面前真像个领导似的。你新买个小包，价格不菲呢，但其他人可能并不注意，他见了却眼睛一亮：“这小包不错啊。”翻来覆去地看、摸：“这皮质，这手感，多好。哦，卡丹路的。名牌就是好，怕有两千多块吧？”你的虚荣心得到了满足。在歌厅唱歌，尽管你唱得像公鸭子叫，他也使劲地鼓掌。下来了还对你说：“唱得不错，唱得不错。”把你一时的尴尬应付过去了。

所以，大家都喜欢和这个朋友在一起玩。

当然这个朋友的好处不仅仅体现在会说两句好听的话上，在实际行动上也做得很好。他喜欢帮你忙，喜欢为你做事。比如说谁家没有液化气了，跟他说一声，马上帮你去灌了。谁家下水道堵塞了，叫他一声，马上便会来帮你疏通。有一次小李的钥匙丢屋里了，把他叫去，他从五楼的窗子爬进去，手被玻璃划破了，流了好多血。还有一回他来我家玩，我要去参加一个宴会，时间紧，我站在衣橱前打领带的工夫，他已蹲下去，把我穿在脚上的皮鞋擦亮了。

这个朋友不但小事会做，还能帮你办些台面上的事。比如你突然来几个朋友，要请客，钱不凑手，他要么是掏钱给你应急，要么就带你去某家可以签单的饭店。你要是碰到什么特殊情况需要临时用个小车，他马上就能给你联系一辆。

这个朋友好像没什么职业，我们不知道他到底是干什么的，也懒得问。他三天两头往我们办公室跑。有时我们忙，顾不上和他打招呼，他就坐在那儿抽烟，不发一言。抽一会儿烟，就不声不响地走了，像没来过一样。

突然有好长时间没见着这个朋友了。有一天办公室几个人不知谁提到了他，说他因为行骗被抓起来了。便有人露出鄙夷的神色，说些世风日下人心叵测之类的话，大多数人则是无所谓的样子，忙着自己的事。

我是在一个大雨天才想起这个朋友的。那天我没带雨具，我想假如他知道，肯定会给我送一把伞来。

回过头来想想，这位朋友为我们倒酒，为我们捅下水道，为我擦皮鞋，可他出事了（还不知是真是假），却没有一个人提出去看他，甚至连一点怜悯的神情都没有。当初我们刚认识这位朋友的时候，大家好像或多或少对他怀有几分戒心，可自始至终他没有骗过我们一分钱。我还曾怀疑他和我们套近乎是有什么事需要我们帮忙，可他从未托我们办过任何一件事。

一个朋友，就这样从我们的生活中消失了。

在亲爱的人与一头猪之间

○王奎山

1982年我读大四。那年的春节，我领着徐美红一起回乡下过年。徐美红的爸爸当时是我们省财政厅厅长。一个厅长的千金，能看上我这乡下娃，那是因为我有三篇论文上过学报的缘故。徐美红的到来，简直像在我们那个村子里刮了一场十二级的台风。女人们孩子们都挤到我家的院子里来看稀奇，一时间，院子里热闹成了一锅粥。男人们到底矜持一些，远远地站在那里看、议论。父亲拿着香烟，满面春风地上前挨个儿给大家敬。大家也不客气，会吸的，当场点着吸了起来；不会吸的，就夹在耳朵上。

这是刚刚到家那天的事。此后的几天里，家里也是人来人往像赶集一样，没个冷清的时候。母亲高兴地说，咱老王家几十年都没有这样热闹过了。父亲点点头，说，那是哩，那是哩。

直到年三十下午了，家里才算清静下来。母亲麻利地剁好饺子馅，妹妹和好面，和父亲三个人包起饺子来。我和徐美红表示要帮忙，被母亲坚决地拒绝了。于是，我躺在厨房一角父亲平时睡觉的地铺上看书。徐美红也找了一本闲书，懒懒地靠在我的身上看。这中间，徐美红上了一趟厕所。黄昏时候，饺子包完了。妹妹说，呀，憋死我了。就往厕所里跑。一会儿妹妹就回来大惊小怪地喊，猪跑哪里去啦？咱家的猪跑哪里去啦？父亲母亲都慌了，忙着往厕所里看，厕所里空空如也，哪里还有猪的影子。我们这里，厕所和猪圈是在一起的。

突然，妹妹像是想起什么似的，大声说，俺嫂中间上厕所了，肯定是出来的时候忘记拴栅栏门了。这是极有可能的事。一到乡下，徐美红就暗中朝我抱怨，啥都好，就是解手太恐怖了，身边那么个大东西朝你虎视眈眈的，吓死人了。因此她匆忙离开时忘记拴栅栏门，以至于让猪逃了出去，这是极有可能的事。母亲忙给徐美红打圆场，批评妹妹说，你胡说个啥，你嫂出来咋会忘记拴栅栏门！徐美红也是个实心人，也不知道推卸责任，说，我也忘记拴没拴栅栏门了。父亲宽厚地笑笑，说，我出去找找看，二百多斤个大肥猪，还能丢了？说罢，父亲就出去找猪去了。跟着妹妹也说，反正没事，我也出去找找。

天黑透了，四周传来噼噼叭叭的鞭炮声。别人家都在过大年了，我们家却连灯都没有点，五口人有两口还不知在什么地方奔波呢。

终于，父亲回来了。停了一会儿，妹妹也回来了。父亲把手一挥，朝母亲说，烧火吧，不能因为丢了一头猪，就连年也不过了，该咋过还咋过。父亲还特意朝我和徐美红笑笑，说，丢不了，一头二百多斤的大肥猪，往远处跑，它又跑不动，肯定就在这附近。我明天再找，保准找得到。

话是这样说，但一家人谁也无法轻松下来。特别是徐美红，因为整个事件是因她的粗心大意而造成的，所以更显得心事重重的样子，饺子吃了没几个，就丢下饭碗早早地上床歇息去了。

第二天一大早，父亲就出发找猪去了。然后，妹妹也出去了。母亲说，反正我在家也是闲着，我也出去，多一个总比少一个强。这样，家里就剩下我和徐美红两个人了。我想起母亲的话，“多一个总比少一个强”，就征求徐美红的意见，要不我也出去找？徐美红说，谁不让你出去了？你出去吧，你想上哪儿上哪儿！我有些尴尬地笑笑，走过去拍了拍徐美红的脑袋，也出去找猪了。在那样一种特定的情况下，在亲爱的人与一头猪之间，我只能选择一头猪。我希望徐美红能理解这一点。

一直找到中午，连根猪毛也没有找到。我垂头丧气地往回走。刚进村，就见妹妹远远地迎了上来。一看见妹妹脸上灿烂的笑容，我就知道猪找到了。果然，是父亲在附近的崔庄找到的。原来，头天下午猪跑到人家的包产地里吃麦苗，被人家赶到自家的猪圈里圈了起来。父亲给人家买了两盒烟，才把猪赶回来的。回到家里，父亲母亲脸上都是一脸的欢笑。

突然，妹妹发现了一个新情况，说，哎，我嫂哩？又问我，哥，我嫂不是跟你一块儿找猪去了吗？母亲突然意识到了什么，知道出大事了，像个孩子一样“哇”地哭了起来。母亲一哭，本来就是一个孩子的妹妹也跟着哭了起来。父亲虽然没有哭，眼圈也红红的，对我说，我马上就去国营家借车子，你赶紧到新安店去。

新安店，是京广线上离我们家最近的一个火车站。

不见

○陈　毓

她死在风华正茂的年纪，她成了回忆者心上的一朵花，每一回眸，尽是生动。

没有比李夫人更自恋的女人了。如果风会说话雨会说话，那从她耳边吹过的风，自她腮边飘过的雨，都会坚持这么说，这是一个顶顶自恋的女人呢。

这点，她的哥哥，那个著名的音乐家李延年就看得很清楚。他用他的歌给她画像："北方有佳人，绝世而独立。一顾倾人城，再顾倾人国。宁不知倾城与倾国，佳人难再得。"歌声婉转，余音袅袅，有无限的美与惆怅。那一刻，音乐家也深悟了音乐的美，即在于永恒的难以企及，在于青春和美消失后的无尽惆怅。

凡人难以掌控自己的命运，他想。但即便凡人，也有去为命挣扎、尽力的必要。他要为自己这个不该是凡人却脚踩泥泞的妹妹尽自己的力。因为他爱她、依恋她。他常常陷入冥想，觉得自己才是这世间唯一珍爱她、了解她的男人。这样想的时候他有点伤感，因为他是她的哥哥，她是他的小妹。他经常眼睛看着别处，心却在她那里，他的深情无法言说。他只能在他的歌里唱，他像是要用歌声安慰歌中人，其实只安慰了自己。他用婉转悠长的调子把一个个喧腾又寂静的春天夜晚送走，虽然他的歌，恰像春天旷野上的长风，使被吹拂的人心里起了动荡。当然，他不枉是优秀的音乐家，是颇得武帝欢心的宫廷乐师李延年，他谱的曲子他唱的歌，感动听者是经常的事情。

现在，他要把这首歌唱给那个该听到的人听。他要当她的脚，他要引领着她走，走到那人眼前。

那时，汉武帝的后宫佳丽多到一万八千人，但自从王夫人死后，却没有谁能得到武帝专宠。李延年觉得自己深藏的心愿遇到了实现的契机。

一天，武帝在宫中举办家庭酒会，召李延年侍宴。等到酒酣，时机恰好，李延年起身，说要给皇上献上自己新作的一首歌，说罢起舞，边舞边唱。歌曰：“北方有佳人，绝世而独立。一顾倾人城，再顾倾人国。宁不知倾城与倾国，佳人难再得。”

汉武帝招纳美女无数，却不料还有更优异的遗失民间？比如这歌里所唱的绝世女子？当时心里半是好奇半是怀疑，不禁叹息说：“世间哪有你歌唱的佳人？哄朕不成？”在座的平阳公主揣摩到李延年的用心，粲然笑说，这样的女子她倒是见过的，跟歌里唱的不差上下。武帝急问人在哪里？平阳公主说，即是李乐师的妹妹。武帝更加好奇，恨不得即刻宣进宫来一见。

第二天，李延年的妹妹就进宫了。一见之下，汉武帝只说了四个字：妙丽无双。欣然纳为妃子，号李夫人。

由此后宫只宠李夫人，宫中无人不艳羡忌妒的。一天，武帝去李夫人房中，忽然头痒，就用李夫人的玉簪搔头。这事传出，后宫人人仿效李夫人，在发间插一把玉簪，使得长安玉价顿时高涨。

不料，天有阴晴，月有圆缺，李夫人的后宫幸福生活只过了几年，却染病在身，无药可治，直至病入膏肓。武帝问医医无术，问天天不语，心疼难耐，每天必亲自去看她才觉稍安。开始，李夫人见武帝来，还能哀哀切切，诉说恩情；稍后武帝再来，李夫人决然以被覆面，不见武帝了，任谁劝说也没用。侍女不懂，武帝更不懂，俯下身来，轻声劝道：拒不相见，朕心难忍！李夫人说，久卧病，容已销，不可再见，愿记从前。武帝费尽口舌，终究不能见，心里万般惆怅。李夫人到后来知道自己活不成了，干脆令宫女把寝宫里所有的镜子都搬走，让所有能照见人影的东西都远离自己，只求速死。她求死的急切，似乎只有被埋进黄土，那颗悬着的心才能放下。

李夫人最后给武帝的留言就是，妾死后，恳请陛下切勿见妾遗容，这样，妾在另一世界才能不自贱，不惭愧。唯有感激。

武帝听了李夫人的遗言。欷掩泣，悲痛不已。

汉武帝用皇后礼安葬了李夫人，命画师将她生前的美好形象画下来，挂在甘泉宫里时时怀念。

只有音乐不死，随李延年的歌声在时光里唱，年复一年。

有一天，李延年唱到“绝世而独立”那句时忽然噎住，他忽发奇想，若是他美丽的妹妹能活到老，她能容忍自己松弛的皮肤和脸上的皱纹吗？

他叹了口气，长长地叹了口气。

生态园

○高海涛

多多在一家花店做插花师，经常骑着自行车路过桥东那一片花卉暖棚。只要时间允许，她就会走进一座座暖棚，因为她喜欢花。她挣的钱，几乎都用在了买花上。多多的世界里到处充满了鲜花：路上有花，家里有花，花店里更有花。多多还把远在北京的丈夫想象成一个美丽的花神。可是花神打碎了多多花的世界。

被丈夫抛弃后，多多整天以泪洗面。那一天，多多看着满屋子里枯萎的花，伤心到了极点。哭了，笑；笑了，又哭。忽然间，她厌倦了，厌倦了所有的情感与欺骗。所有的快乐都凝固了，只剩下了迷茫。多多独自在雨中的街头逡巡，斑斑点点的红与绿眨着媚眼。本来打算找个酒吧一醉方休，不知怎么多多却闯进了一家网吧。

多多起了一个“下过雨的路”的网名，上了“老地方”聊天室。这是一个同城聊天室。

一个叫“小件寄存处”的人微笑着找她搭话：“下过雨的路上一定有积水吧?”

多多说：“是呀，别人都在笑我呢。”

“小件寄存处”说：“是不是你还打着伞？如果是，我可以帮你寄存。”

多多说：“你那里能寄存情感吗?”

聊的时间长了，多多知道“小件寄存处”原来是先天性盲人，刚刚做了眼角膜移植手术，手术做得很成功。他说，他来到世上快30年了，第一眼看到这样美丽的世界时，他哭了。他想在眼睛能看到世界后干一番事业。父亲让他开家饭店，可是他觉得饭店太俗。

多多就给他出主意。要建就建一个独特的，多多想起了花卉大棚，就说，如果让大家在花中吃饭多好。于是他们聊着要建一个“生态园美食城”，雅间用竹子搭建，情侣间要用金银花与竹子搭建，进了大厅不管有多少人吃饭，只看见花，看不到人。厅与厅之间辟成海族馆，要用一排观赏鱼缸墙隔开……

他们越聊越投机。“小件寄存处”说：“明天开始，我就着手建这个美食城。”

多多回家时，天已经亮了。她站在桥上，往东看，雨后的花卉大暖棚，温暖着多多的心。

多多的心情好了许多，她在骑车去花店的路上还哼起了《两只蝴蝶》，“亲爱的，你慢慢飞，小心前面带刺的玫瑰……”这时，她的自行车突然从原来的老路上拐了回来。她宁愿多走三倍的路，绕道到南大街上的花店，再也不走南环路了，因为她怕打碎那个美丽的“小件寄存处”的梦。

多多几乎每天都与那个“小件寄存处”聊天儿，一天不聊就感到空空落落的。他呢，每次聊都在向多多汇报生态园的进程。多多答应辞去花店的工作，到他这里打工。后来的一天，他们还买了视频，多多能看到一个帅气的他，他也看到一个美丽如花的多多。

多多只当这是建造起来的虚幻。

一天，他高兴地对多多说，我们的生态园建成了，就等你来后开业呢。

第二天，多多顺着南环路往西走，离运河桥越近，心中的小鼓敲得越快。到了桥上，为了不让自己的心跳出来，低下头，看静静的河水。她害怕桥东面是一大片的虚幻。

最后，多多禁不住抬起了头，在前面众多的花卉暖棚之间，果然突兀着一块招牌：“生态园美食城”。她走上前去，门玻璃上果然有一张字条，上面是新魏体小字：等多多来后开业。

多多的眼泪就流了下来。

鹌鹑

○程习武

涡河湾鹌鹑高手成二养了一只鹌鹑，毛色红白间杂，红如重枣，白似积雪，双眼下陷，迸出一股阴森森的杀气。把在手中，如握铁石，更兼腹下一道浓黑墨线从尾尖直冲下颌，如一张遒劲的弯弓。那叫斗线，是善于角斗的标志，千只万只里也难觅一只，很多人养了一辈子鹌鹑都无缘见到。

这只鹌鹑第一次涉足沙场就颇富传奇色彩。

涡河湾人听说成二黑线鹌鹑开斗，观者如堵，拥拥挤挤填满了三间空屋。

两只鹌鹑放入斗篓，黑线鹌鹑突然拔地而起，绕梁三匝。

人们先是一怔，继而摇头大笑："败狗子，败狗子，糊了泥巴烧着吃!"

笑意尚未从人们脸上退尽，黑线鹌鹑骤然笔直射落，一声凄厉惨叫，另一只鹌鹑已经瘫于篓中。

主人将奄奄一息的鹌鹑拿起一看，立即怔住。

人们围近观看，那只鹌鹑头顶有豆大的一块羽毛脱落，正殷殷出血。双翅自根部折断，只有皮肉相连，松松垮垮地垂下来。

"嘴啄头顶，腿打双翅。一招三出，一招三出呀!"传说中的事情竟在成二手中出现，静默良久，有人长声惊叹。

自此，成二和他的黑线鹌鹑名震涡河两岸。

这日午间，成二正在家里把玩鹌鹑，忽然有人进门，见了成二，躬身施礼，声称尹家寨老尹有请。

成二说："我攀不上老尹，你们回吧！"

来人走后，成二惶惶不安。

那老尹名为一方豪富，实际上是涡河湾方圆百里之内的大杆子土匪头子，一生酷爱鹌鹑，廊檐下一根长绳，一溜儿排开吊数十挂笼子，都是出类拔萃的鹌鹑。

成二知道，老尹定是冲着黑线鹌鹑来的。

到了晚上，十来杆长枪涌进门来，为首一人光头虬须，脸黑炭一般，昂昂然如一胖大和尚，正是尹家寨声名赫赫的老尹。

老尹扫了一眼四壁空空的屋子说："明人不做暗事，成二，我是来拿黑线鹌鹑的。"

成二说："尹家寨好鹌鹑多的是，哪在乎我这破鹌鹑。"

老尹说："别耍花腔了，黑线鹌鹑天下少有。"

成二说："我家养了几辈子鹌鹑了，我爹我爷都睁着眼呢！"

老尹说："我老尹容不得别人有好鹌鹑，我的枪什么时候都睁着眼呢！给了我，不会亏你。"

成二从腰里解下鹌鹑袋子，默默递与老尹。

在老尹接过袋子的刹那，成二的拇指和中指轻轻地在袋子上弹了一下。

老尹掏出鹌鹑，把在手中，只见鹌鹑双眼似合非合，脖子努力地缩下去和身子蜷为一团，酷似沙场归来的败兵。

老尹双目圆睁，盯住成二。成二说："是黑线鹌鹑。"老尹翻转手中的鹌鹑，一条黑线自尾端直冲下颌，非常醒目。老尹紧盯成二，拧起眉头，双目如炬。

成二说："黑线鹌鹑是神物，它命里不是你的。"成二走近老尹，接过鹌鹑，二指轻轻一弹，那鹌鹑在成二手中立即啁啾不止，跃跃欲飞。

老尹又接过去，成二的手指又轻轻一弹，鹌鹑又委顿于老尹手中。

老尹说："成二，我佩服你，可鹌鹑我得带走。"

成二说："你带不走。"

老尹说："成二，让我带走吧，要不，我一辈子都不会死心。"

成二摇摇头。

突然，老尹拔出短刀，一道弧光闪过之后，成二五根手指落地。

成二打了个趔趄，但他站住了。他伸出左手说："老尹，这儿还有五个呢！"

又一道弧光闪出，但这回落地的是老尹的五根手指，在泥地上跳跃不止。

成二左手握着鹌鹑，伸给老尹说："你带走吧，我爹我爷那里我说。"

老尹说："这鹌鹑不该是老尹的！"

然后，十来杆长枪呼啦啦出门而去，撇下成二和他的黑线鹌鹑，撇下屋子里摇曳如豆的灯火。

讨　伐

〇陈力娇

父亲是大款，他是乞丐，这关系就这么蹊跷。

他没工作，父亲让他在他公司里做事，他不干，跑到五台山，云游了二年，穿一身灰色袈裟回来了；有时是肩上斜挎个布袋，布袋快拖在地面了。

他每年见父亲两次，一次是春，一次是秋。

春这次他是向父亲讨钱，秋这次也还是向父亲讨钱。讨钱的方式也特别，不张口，就站在父亲公司门口，也不进去。门卫一看到他穿着和尚服，斜搭着褐色背包，就禀报父亲，父亲就差人把钱送给他。他也不吭声，揣起钱就走，也不管多少，反正父亲不会给少，给一次总要几万。

这一走就是数个月，大约钱用完了，他就又回来了。

这次回来是落雪前，还是那样颜色的衣服，还是斜挎着背包，所不同的是夏装换成了冬装，灰色袈裟里面，穿着厚厚的毛衣毛裤。这一次也是要钱，也是不吭声，也是站在大门外，也是门卫去禀报父亲。

有时父亲情绪好了，会来到窗前看看他，看看他一米八几颀长的大个子，剃着光头，脸色紫红，目光散淡，站在雪花中。父亲就把脸一直红到脖子根儿，心脏像吹起个皮球。

但是愤怒归愤怒，钱还是一分不少地给了他，一给就是三五万、十万八万不等。

细想父子的关系闹掰也不是没有因由。父亲是开石油企业的，有15个很火的加油站遍布整个市区。南来北往的货车、客车、轿车都上他这里加油。每天的卖油量父亲自己都数不清。父亲是做买卖的能手，几经奋战他的公司上市了，有了上市股，父亲的资金一路上扬，绿色持币一骑到底。

他本来是学金融的，四年的大学，让他明白父亲是怎么资金回笼的，他每天像个小学生，趴在父亲公司的财务账上，明白了许多事情，而这会儿他的个人问题，也像变幻不定的股票一样，处在真假阴线上。

起因是小青的妈妈炒股，小青是他的女朋友。小青的妈妈把头发烫成个鸡窝，肚子束得扁平，把家里的五十万全部买了K公司股票，而K公司正是他父亲的公司。

谁知这一跌跌得挺惨，不到半年的时间，小青妈妈的五十万就被割肉出局，其实开始有横盘迹象时，他就告诉过小青，告诉她无论如何让她妈妈迅速收盘。可是小青的妈妈就是没听。

小青的妈妈为此跳楼了，小青也和他分道扬镳。

他不是吃不消分道扬镳，而是吃不消小青妈妈的无谓轻生。后来他知道，他父亲在这一局里挣了个透。那天，他把父亲逼到了墙角，举起了他心爱的蒙古刀，刀颤抖地接近父亲的心脏时，他还是没下得了手，是泪水把刀砸在了地上。

和父亲分手后，他开始寻找小青。小青这时已不知去向。

那一段寻找的路着实辛苦。那一段路程耗尽了他所有的体力和心智，他再也回不到从前父亲的羽翼下了。好在他遇到了五台山的方丈，方丈指引了他，收留了他。方丈告诉他，小青就在你心里，你走到哪里她跟你到哪里。

他信了。从此在心里揣着小青。

春起的时候他向父亲要的钱已经被他用光了，现在他想继续向父亲要钱。不过要过这一次，他就不打算再催逼父亲了。他算了一笔账，截至今日，他从父亲手里拿到的钱，总共五十三万。这五十三万中有五十万是替小青母亲要的，她虽没有可能用这笔钱了，但也是父亲欠她的呀，自古欠债还钱呵。他把这账记在了父亲身上。

另外三万是他为父亲工作时，挣得的一年工资，一年工资五万，他没领，放在公司的财务处了。三万和五万比，还差两万。也就是说，父亲还差他两万元钱。那么这一次，他不多要，他就把他这两万要回来，就和父亲两清了。两清是什么，两清就什么联系也没有了，他就可以去更远的地方，去做另一个行程的事了。

十二月十五的夜晚，下着大雪，他出现在父亲公司的大门前。但是这一次门卫没有禀报。谁都知道，这个时候是父亲特别的时候，是父亲祭奠母亲的时候。母亲在他十五岁那年离世，致使父亲一直没找，每年的这一晚都把自己关在办公室里，闭了灯，和母亲独自对话。

他就是赶在这个时候来找父亲的。

雪越下越大了，是入冬以来的第一场雪，这样的雪下来就化了，停留不了多久，这样的雪会变成雨水，融化在各个角落。他爱惜地把斜挎在身上的背包捧在怀里，又撩起袈裟用衣角包住它，他要保护它，像保护生命一样保护它，因为那里有一张很重要的账单，有每笔钱的明细，一笔一笔，笔笔有踪。他要交给父亲，五十五万凑满，那所“希望小学”工程就竣工了，这是他一生最快乐的事情。

仲夏的夜里

○安　勇

这是一个仲夏的夜里，老孟和老伴儿并排躺在床上。窗外，不知什么虫子不停地撞着玻璃，“啪嗒”一声落了下去；以为不会再来了，沉寂了一会儿，却又不厌其烦地卷土重来，一副非要粉身碎骨才肯罢休的样子。远处，澄净的蛙鸣被风断续地吹进屋子里，搅散了两位老人的梦。“它们是在东大坑叫吧?”老伴儿缓缓翻了个身说。“听起来像是在西大坑。”老孟说。

“我说是东大坑，你耳朵不灵喽!”

“应该是西大坑，我耳朵灵着呢！是你自己耳朵不灵喽!”

“你耳朵灵，前天后街老王头儿，喊你半天你也不应。”

“我那是逗老王头儿玩呢!”

“你想不逗来着，你得听得见啊!”老伴说着剧烈地咳嗽起来。老孟翻过身来，轻轻地给老伴儿捶着后背说：“我仔细听了，确实是东大坑。”老伴儿不咳了，也转过身来，和老孟脸对着脸，抬起手来推了老孟一把说：“老东西，就会说好听话，顺杆儿往上爬。”老孟咧开嘴，无声地笑了。老伴儿也笑了，咯咯地笑出了声。老孟说：“想起啥事儿了，这么高兴?”老伴儿不回答，还是不停地笑。天上，一轮皎洁的月被老伴儿的笑声震得一颤一颤的，抖着。

“生春生那年，杏子到底下没下来呀?”老伴儿说。

“说过多少次啦，肯定是下来了嘛！不下来，你咋吃进嘴里的？”

“老东西，那时才刚开春哪！杏花还没开呢？”

“反正是下来了，要不，我上哪儿给你弄去？”

“春生今年五十岁了，这事我纳闷儿了五十年，今儿晚你告诉我句实话，那杏到底是哪儿来的？”

“想听实话，像当年那样叫我一声，我就告诉你。”

“那时候我挺着个大肚子，就觉得嘴里头没味，我就跟你说：‘大刚哥，俺想吃杏呢。’过了几天你从外面进来，给了我一个手巾包，我打开一看，全是鼓溜溜的青杏，吃一口，酸得我直流口水，真解馋啊！我叫过了，你说吧！”

“这不算叫，你这是讲故事呢！我想听你像当年似的，正儿八经地叫一声。”

老伴儿张了张嘴，突然又咯咯地笑了起来说：“多长时间不叫了，还真叫不出来呢！”说着又剧烈地咳嗽起来。老孟轻轻地捶着老伴儿的后背说：“叫不出来就算了。还是告诉你吧！那年正好后街老王头儿到南方出差，我让他给你带回来的。”老伴儿喘着气说：“我说的嘛，咱这地方杏还没下来呢！老东西，瞒了我五十年呢！”“最后还不是告诉你了。”两个人都笑了，笑过一阵，忽然都不说话了，屋子里显得空荡荡的。老孟拍了拍老伴儿的肩膀说：“他妈，又想春生了吧？”

“不知道美国那边现在是啥季节呢？”老伴儿幽幽地说。

“啥季节也冻不着那个兔崽子。”老孟突然很气愤。

“老东西，不兴你叫他兔崽子，他是我儿子。”

“他还是我儿子呢！总也不回家他就是兔崽子。”

“他忙啊。”

“忙，忙得爹妈都忘了。”

“上回打电话来，不是说今年春节肯定回来吗？还说把孙子也带回来呢！”

“这个兔崽子，去年打电话也是这么说，你看见他人了吗？”

老伴儿又咳起来。老孟拍着老伴儿的后背说：“想想也是，他确实是忙啊！”

老伴儿喘息了一阵说：“瞅照片，孙子长得好看哪！”

“倒是像老孟家人。”

老伴儿又咯咯地笑了说：“你老孟家祖宗八代有长那么好看的吗？他是混血儿，混血儿才那么好看，懂不懂，老东西。”老孟也笑出声来说：“你说得对，还不行吗？这辈子你净揭我的煳嘎巴。”

两人一时都不说话了。窗外的虫子还在撞着玻璃，蛙声沉寂了，大概青蛙们已经睡了。

老孟说：“他妈，睡了吗？”老伴儿说：“还没呢。后背痒得难受，给俺挠挠吧。”老孟把手伸进老伴儿的衣服里，轻轻地给老伴儿挠起了后背。老伴儿说：“向上，再向上一点儿，再向左一点儿，对了，使劲。”老孟挠着说：“想起来你这后背挠了一辈子了，我就没整明白，你是真痒痒还是假痒痒？”老伴儿不应声。老孟放慢节奏，最后把手停在了老伴儿的后背上，心里想，他妈这是睡了呀！一阵困倦袭来，老孟把手抽回来，也打算睡了，突然听到老伴儿喊了一声“大刚哥”。看老伴儿时，老伴儿却一动不动地躺着，想来是梦话吧！翻个身，也跟进了梦里。

老孟不知道，老伴儿已经永远睡在梦里了，再也不打算起来了。

黑暗中，老伴儿的脸上还挂着一丝淡淡的笑容呢！

荒　凉

〇王　往

工程队长一进门就说："阮总，3 号塔吊驾驶员不想干了。"

阮总抬一下头，又垂下去，盯在了一堆文件上："不想干就走呗，这点小事也来跟我讲。"

工程队长干笑笑："是这样的，阮总，我也想为工程省几个钱嘛。"

阮总又抬起头："你说是3 号塔吊？那个小涟水？"工程队长点点头。

阮总手中的铅笔敲着班台，敲了一会儿，说："他在哪儿？等会儿我去看看。"

阮总先前在老家市文联搞创作，没日没夜在纸上划拉，多少年还是寂寂无名。文联穷，工资又低，一气一急一下决心，停薪留职找出路了。当时，小城人不理解，说文人下海失败多，阮总也有些怕，临离家时对着那些一滴血一滴汗写出来的作品差点儿掉了泪。风萧萧兮易水寒，壮士一去兮不复返。没想到，上天垂青，阮总在一个朋友的帮助下进了建筑行业，一步步走过来，十来年后竟有了金银闪烁一片天。

3 号塔吊驾驶员小涟水，跟着阮总的工程公司走南闯北有七八年了。小涟水是苏北涟水人，开始是个小瓦匠。那一年，阮总想招一个塔吊驾驶员，一打听，要月薪2000 元，当时工程还没做大，阮总聘不起，直叹气。小涟水说，他以前跟着一个堂哥在青岛打工，堂哥是开塔吊的，他跟着学过几天，那活儿简单，他懂点儿。阮总说，那你试试。一试，很好，比专业的不差。阮总给他800块一个月，小家伙乐开了花。

这一干多年。这几年，工资涨了，塔吊驾驶员要3000元。1号2号塔吊驾驶员都是这个价，但小涟水只拿1500元。开塔吊，按行业规定，要有塔吊工资格证，小涟水没有受过专业培训，哪有资格证。给他1500元，双方不吃亏。他要是做瓦工，干一天才有一天钱，又苦又累又拿不了固定工资；阮总这头，是能省一分钱是一分钱。开公司的，起码是半个数学家。

阮总到了工地，见到工程队长正在劝说小涟水："往驾驶室一坐，高高在上，欣赏全城风光，多好的事。"

小涟水说："什么驾驶室，就是个笼子。"

工程队长见阮总来了，对着小涟水"哼"了一声，就站在了一旁。

阮总说："开塔吊，苦了你？往驾驶室一坐，风不透雨不漏。"

小涟水说："不苦。"

阮总说："钱少？"

小涟水说："不少。"

阮总说："那……"

小涟水说："荒凉。"

阮总一愣："什么？"

小涟水说："荒凉。"

工程队长说："我看你是好日子过够了，在这儿作诗呢？"

阮总朝工程队长摆摆手："那你想干什么？"

小涟水说："想做瓦匠，扎钢筋拌砂浆也行。"

阮总笑起来："你真是好日子过够了？"

小涟水说："人多的地方热闹。"

阮总说："这样吧，最近正抓工程进度，你先干着，我找到人替下你，再给你安排。"

小涟水说："那快找啊。"

处理好这事，阮总出差了，一去十几天才回来。

一大早，工程队长又进了阮总办公室："那小涟水说今天就不开塔吊了。"

阮总说："找人替了吗？"

工程队长说："找了一个，说要后天才来。"

阮总瞪了工程队长一眼："拖拖拉拉。小涟水呢？"

"在宿舍。"

阮总到了宿舍区，一脚就把小涟水的宿舍门踢开了。小涟水坐在几块砖头上，趴在床板上写着什么，见阮总进来，看一眼，又低下头。

阮总说："那人两三天就来，你就顶不住了？小涟水呀，我对你还不算好吗？你让我怎么说呢，和那些工人砌墙扎钢筋拌砂浆，有什么好的？你就是为了热闹？"

小涟水说："和他们在一起，说说笑笑，有素材。"

阮总笑起来："你还想写作？"

小涟水咬着嘴唇，过了会儿说："爱好。"

阮总走近一步，果然看到小涟水的稿纸上密密麻麻的字，又看到小涟水的床头码着厚厚的一摞稿纸，翻了翻，有小说有散文。

阮总站在那儿，好一阵，叹了口气。

阮总拍拍小涟水的肩说："起来吧，再帮我顶一天，就一天，说话算话。"

小涟水不情愿地点点头。

阮总走到门口，又转过身："以后，随你做什么工种，一个月3000元，按专业的塔吊工发工资。"

阮总走到工地，忽觉一阵疲劳，对着白花花的太阳伸了个懒腰，飘出一句话："十几年啦，十几年没碰一下书本了……"

母亲的手艺

〇侯发山

那年她十四岁。要过年了，村里的伙伴们大都穿上了新衣服，一个个兴高采烈地跟找到食儿的麻雀似的。她因为没有新衣服，就猫在家里不愿出去。她从未穿过新衣服，平时都是穿姐姐的旧衣服，不合体不说，衣服上是补丁摞补丁……她觉得特没面子，也因此很自卑，好在她学习成绩一直很优秀。听着外面不时炸响的炮仗，以及伙伴们的欢声笑语，她就斗胆对母亲说，娘，我要新衣裳。母亲就沉下脸，瘦削额头上的皱纹簇成了结，满是厚茧的手轻轻摩挲着她的头，长叹了一声。她竟有些后悔，家里穷，平时的零用钱都是母亲一个鸡蛋一个鸡蛋攒下的，母亲常年有病，没断吃药……母亲沉默了许久，才一字一顿地说，好，娘给妮儿缝条裤子。这时，她苦巴巴的脸上才绽出灿烂的笑。母亲拍了拍她的肩膀，哑着声音说，妮儿，你要好好学习。她使劲点点头说，放心吧娘，我会的。

第二天，母亲就把攒下的一罐鸡蛋带到集上换回了一块布。母亲给她量了尺寸后，当天晚上就到隔壁二婶家去做裤子，二婶家有缝纫机。

大年三十早上，她还在被窝里赖着，母亲掂着一条裤子站在床前，笑吟吟地催她起来。那是一条用帆布（以前厂矿里的工作服布料，俗称劳动布）做的裤子。这种布料耐磨，而且在农村比较少见，当时谁穿这种布料的衣服跟前几年拥有一部手机一样趾高气扬。因此，她兴奋得嘿嘿直笑，忙从被窝里钻出来去穿棉裤棉袄，最后在娘的帮助下套上了那条裤子。

嘿，两条裤腿上绣着四五朵向日葵的图案，图案的布料是用退了色的布做成的，显然是从旧衣服上裁下的，但图案很好看，图案的边沿给剪得一缕一缕的，像是向日葵盘的叶子，十分逼真。她就一派喜气在脸、滋润在心的感觉，觉得娘真行——娘不但会缝补丁，还会绣花。母亲原以为她不满意，见她如此高兴，也就松了一口气。

她匆匆扒了两口饭，就像只出笼的小鸟似的飞了出去。她要出去跟伙伴们玩，同时还要炫耀一下她的“时髦”裤子。

果然，伙伴们看到她的新裤子，眼睛为之一亮。她们想不到，一向打扮得跟叫花子似的她，也有光彩照人的时候。特别是看到裤子上绣的花，都羡慕得不得了，纷纷围过去观看，甚至用手去摸裤子上的“向日葵”。没想到，一个伙伴用力过猛，把一朵“向日葵”图案边沿的“叶子”给拽掉了，露出了里面脏乎乎的棉裤——原来，那一朵朵“向日葵”是变了花样的补丁！她耳根儿一阵发热，脸腾地红了。大家轰地笑了，都看着她，眼神里满是讥讽。被人家窥见了隐私的那种害羞又惶恐的心情害得她直想哭，她努力不让满积在眼眶里的泪珠往下掉，转身便跑回了家。

母亲正在做年糕，见气冲冲回到家的她满脸不悦，说怎么屁大的工夫就回来了。她狠狠瞪了母亲一眼，麻利地脱下新裤子，揉成一团甩到母亲面前，噘着嘴说，啥狗屁裤子！

母亲气得整个身子颤抖个不停，伸出抖抖索索的手，想打她，高高扬起的巴掌却在空中停住了，最后落在自己脸上，旋即便有晶莹的东西在她的眸子里闪动。她不知所措地低下头，准备迎接母亲的责骂。

“扯的布不够尺寸，只有那样了……我这当娘的无能啊。”母亲的声音涩住了。她的眼泪涌了出来，紧接着，就像断了线的珍珠簌簌地滚下脸颊，终于放声地哭起来。

自此以后，本来话就不多的母亲变得更加寡言少语了，一天到晚忙个不停，做饭、洗衣、缝补、养鸡……没过多久，母亲就病倒了，再也没有站起来……母亲去世后，她才从姐姐那里得知，为了给她做那条裤子，一直吃着药的母亲停了药！她愈发内疚，扑在母亲的坟头追悔莫及，号啕不已。

所谓的人穷志不短，马瘦有雄心。她发愤读书，考上了大学，留在了城里，生活有滋有味，日子过得五光十色。

有一次，她特意参加了一个服装博览会。她准备买一套高档衣服，荣归故里衣锦还乡。一来让那些昔日嘲笑她的姐妹们看看，二来想回去给母亲扫扫墓。博览会上的服装琳琅满目，令人眼花缭乱应接不暇。据说这些时装都是世界一流的服装设计大师设计的作品。忽然，她看到一位靓丽的模特儿穿了一套牛仔服，那裤子的式样跟当年母亲给她做的一模一样！

她木木地呆了许久，眼里的泪悄悄爬满了脸孔。在场的人都诧异不解，她便哽咽着讲了当年的故事，一时间，大家都沉默了。最后，一位满头银发的服装设计大师感慨地说："世界上所有的母亲都是艺术家。"

妻子的生日

○孙春平

妻子的生日是在乍暖还寒的初春时节。那天，我下班回家，阻止她下厨房，张罗着去饭店潇洒一顿。妻子问，琳琳来电话了吗？我摇头，知道她关心的是女儿的祝福。妻子又问，也没发信息？我说等晚上吧，她白天有课。妻子在工厂里当质量验收员，车间里对工作时间打电话打手机都有严格规定，所以她连手机都不配，生活得倒也清静自如。

那顿生日宴有些沉闷。妻子不止一次看表，又不止一次问我，你没把手机关上吧？我便干脆将手机放到她面前，以保证她能得到女儿第一时间的祝福。后来，她又让服务员将剩菜打包，说回家去，担心琳琳将电话打进家里没人接。我说，不是有手机嘛，何必？妻子说嫌这儿乱，提起食品盒就走了。

那是我们家里格外沉寂也有些郁闷的一个夜晚。妻子坐在电视机前，抓着遥控器不停地调换频道，只是不说话。我有意找些有趣的话题，她也很少搭话。我忍不住，抓起电话想给女儿打过去，她坚决地制止，说你贱啊？夜深，睡下，我将手机一直开着放在枕边。但那一夜，一切都沉默着，电话没响，手机没响，我只听到妻子不停地翻身，还有她压抑的叹息，直至我沉入梦乡。

清晨，妻子起来准备早点，脸色不好，眼圈黑着。我知道她的心事，便不再提昨日的话题。我们只有这么一个女儿，以前在家时，琳琳每临自己的生日前三五日，就开始大张旗鼓地做舆论准备。离家去读大学，到了她生日那天，妻子则从早到晚不知要打去几次电话。怎么到了她妈妈生日这天，就忘得一干二净呢？我心里也在抱怨，但我不能再火上浇油。我在公共汽车上给琳琳发出短信："你妈妈一夜未睡好。"哼，但凡还有一点儿孝心，你自己想吧！

整整一天，我的短信并没换回任何反馈。傍晚回家，妻子望我，我把目光避开，她的眼圈就红了。她说，从今天起，你和我，谁也不要再给她打电话。

这一夜，妻子睡得很早，连电视都没看。夜深的时候，我听门锁有哗哗的响动，惊得急起身披衣，刚刚按亮电灯，身上一直带着家门钥匙的琳琳已站在我们床前。女儿一手抱着生日蛋糕，一手提着装在塑料袋里的北京烤鸭，肩头披着薄薄的雪花，眼里噙着泪水说，妈，爸，我错了，我祝妈妈生日快乐……

那一刻，妻子已醒来。她揉着眼睛，似乎还在怀疑是不是在梦中。旋即，她跳下床，一个劲儿地拍拂着女儿肩上的雪花，嘴里也是一个劲儿地埋怨：你个傻丫头，大老远的你跑回来干什么？你不会打电话呀？你不知道天冷呀？你明天不上课啦？……

琳琳只在家待了两个多小时，后半夜就坐车返回学校去了，她不想耽误第二天的功课。我送琳琳去车站回来时，妻子又开始埋怨我，说就你手贱，发那个短信干什么？孩子来来回回吃苦受累的，还得白搭多少钱呀？我说，这哪是钱的事，你心里热乎去吧。

这件事，我自以为做得挺成功——关乎对子女的教育嘛，因此便说给了许多人。那天，我给远在家乡的老父亲打电话，也说到了这件事。没想，父亲沉默了好久，才说，我和你妈的生日你们忘记了多少次，我和你妈埋怨过你们吗？

后娘让他别再回家

〇红　珂

暑假开学，爹给铲子新娶的后娘和后娘带来的那个圆胳膊圆腿圆脑袋圆脸盘圆眼睛的五岁小弟弟都走出院子送铲子回学校读高三，后娘很温和地同铲子说再见，铲子心里就像装进了一个春天的太阳。

春天的太阳一直挂在铲子心里，所以铲子的笑脸就多。老师同学都说铲子变了一个人，铲子忍不住抿嘴儿笑：当然！爹终于不再孤寂，铲子能一门心思冲高考了！

可是，上半学期的一天上午，铲子正拿着书本由寝室去教室，突然邻居兴堂叔找来。兴堂叔看见他就喊："铲子，铲子。"

铲子忙跑过来："叔，你咋来了?"

"我进城买农药，你……你爹让我顺道看看你。"

"我爹好吗?"

"好……好，你娘对他一千个好哩。"

"我……后娘好吗?"

"好，好呀。可是……"

"咋?"

"你娘她……她不要你了，她不许你回家去。"

"可我想爹呀。"

"想也别回。你娘说你要回去，她就走。你爹让你千万别回家去。"

铲子的眼一潮。他九岁时就没了妈，他多想有爹又有妈呀。可是，后娘的话铲子得听，铲子心疼爹。铲子潮着眼说：“我不回家，一定不回。”

兴堂叔的眼也潮了。兴堂叔叫声“铲子呀”，从兜里掏出一沓钱说：“这是你爹捎给你的1000块钱。省些用，够到高考了。”

铲子不由得瞪大眼睛：“爹哪来这么多钱?”

“他把你家的牛卖了。为这，你娘生了好大的气呢！眼下总算好了。铲子，一定好好读书，一定考上呀。”

铲子接过钱，心里喊了声“爹呀”，眼圈儿就红起来了。

兴堂叔小心地从兜里掏出一张小照片捧给铲子：“铲子，这是你爹的照片。想爹了，就看上一眼吧。”

铲子双手接过照片，眼泪一下子淌下来。铲子淌着眼泪对兴堂叔深深鞠了一躬。

兴堂叔重重拍了一下铲子的肩说：“孩子，一定好好读书！一定考上呀！一定别回家去呀！”

兴堂叔走了，铲子一口气跑回座位，泪水一下子打湿了几本书。他一时真有点儿拐不过弯儿呢——那轮太阳还在呢……可钱和照片实实在在地揣在兜里。他抽泣一下，狠狠地把照片和钱捏一下，那轮太阳就被捏出了心窝儿。铲子想：她不要我就不要吧，只要她要爹就行。再抽泣一下，慢慢擦干眼泪。可是，卖了拉犁的牛，爹该平添多少苦和累呀！他仿佛看见瘦削的爹在田里弯成一只硕大的虾。

铲子拼命嚼书，每天都对自己说：只许胜不许败。

高考后，铲子在城里打工，上大学不能再全靠爹了。

录取通知书拿到手，铲子突然有个大胆的想法：也许拿了通知书回家她不会骂的！这个想法一旦出现便难以克制。他进村时正值晌午头儿，正是各家坐在自家院子里的树荫下吃午饭的时间。毒辣辣的太阳把没树荫的土地、房屋晒得白花花的，灼死人。铲子紧阵儿脚，走到自家院门口树荫下。不灼热了，舒服了许多，铲子又害怕起来：万一惹恼了她咋办？只一会儿，铲子就拿定主意：不管咋的都要看一眼爹。他壮下胆，几步跨进院子大喊："爹——爹——"

没人应声！

他这才觉出院子里很静，院子里因少了那头牛显得很空落，在原来拴牛的地方坐着一个剥花生的小男孩。小男孩的脸瘦瘦的，胳膊细细的，干瘪的小手像是根本就剥不开花生壳。小男孩听见喊，猛抬头。他的脸怔怔的，两只眼睛格外大。

小男孩突然明白了什么，哇地哭起来："哥，哥……咱爹早死了……娘不许给你说。"

铲子愣住了。看着破旧的屋子，看着屋子上升起的黑黑的炊烟，铲子的泪一下子涌出来了。

上岗

○傅彩霞

苏素看着书店门口的《招聘启事》，犹豫片刻，终于鼓足勇气，摸出电话，咨询："请问，您这里招聘营业员吗？我今年40岁，中专学历……哦，25岁以下，大专以上？好的。谢谢。"她失望地缓缓地放下电话，心事却越发重了。看着来来往往的人群，不知道自己的位置到底在哪儿。这已是自下岗后的第N次求职了，用人单位不是嫌她年龄偏大，就是说学历太低，结局总是以一声叹息告终。"女人四十豆腐渣。"是呀，现在就业压力这么大，成千上万的大学生都难就业，何况年龄偏大又无一技之长的自己呢？

茫然地走到报亭，买了最新一期的《信息报》，一栏栏仔细寻找招聘信息，唯恐遗漏。突然，苏素眼前一亮，亚洲纺织品公司招聘缝纫工数名。这是苏素的老本行，应该成竹在胸吧？电话联系之后，得到了"明天上午到公司面试"的答复。

合上小灵通，苏素有些兴奋，感觉应该祝贺一下。于是，她来到菜市场，破天荒地花了5块5毛钱，买了两条青鱼，算是改善改善生活吧。自从下岗之后，家里的餐桌上好久没有闻到荤腥味了。

晚上，儿子走出自己的房间，看了好几遍煎好的青鱼。与苏素同样下岗的丈夫应聘到一家民营企业，还在试用期，每天加班加点。疲惫而归的丈夫和儿子吃得津津有味。

第二天，苏素早早地起了床，换了身体面的衣服，梳妆完毕，还在干裂的嘴唇上涂了一层唇膏。这年头，招聘面试更注重外表和内涵的统一。骑上自行车，行走在春光里，苏素不知不觉来到了开发区纺织工业园。

亚洲纺织品公司上上下下冷冷清清，苏素胆怯地敲开了人力资源部办公室的门。接待她的是一位泼辣的中年妇女，简单询问了一些情况后，嗓门儿挺高地对苏素说："你明天来上班吧。工资 1000 元，含养老保险费。首先说明一点，我们这儿的工作时间是对时制，也就是说，每天工作 12 小时。"

"12 小时？一天等于一天半？"

"没办法。全球经济危机，我们纺织品出口行业首当其冲，只能上下努力，共渡难关。"

苏素想起刚上初一的儿子，正值青春叛逆期，热衷于上网玩游戏，丈夫日夜加班，自己再每天 12 小时不回家，孩子可就没人管了……她恋恋不舍地留下了拉长的背影。

骑车回家的路上，想想自己下岗一个多月了，一直忙于找工作、应聘，好久没有回家看年迈的爸妈了，于是，顺路拐了一个弯。

爸爸正坐在沙发上看乒乓球比赛。这个老八路，看电视总看体育频道，固执地信奉只有竞技体育是真，其余频道多是掺假的"革命信条"。妈妈最近腰不太好，正戴着老花镜躺在床上看《电视报》呢。

苏素把所有的不愉快都藏匿起来，看到客厅里灰尘一层，她脱掉外套，挽起袖子，开始洗衣服、擦桌子、拖地……人老了，就懒了，生活质量也随之下降了。苏素心中暗暗自责没有经常过来看看。

忙完，妈把苏素叫到床边，说："素素，我和你爸年龄大了，身边需要人照顾，咱肥水不流外人田，若临时没有合适的工作，你就隔三差五地来照顾一下我们老两口吧。"

"妈，以后，我会及时回家的。"苏素的脸红了，为自己未尽孝道，忽略了二老而愧疚不已。

“你哥说了，他在外地，工作忙，回不来，他出钱，你出力，各有各的孝法。我们两家各出一半，月工资1200，中不?”妈妈用和蔼渴望的眼神凝望着女儿。

苏素心头一阵热浪，泪水肆无忌惮地流下来……

特别的祝福语

〇王琼华

那年，我调到市一中工作。校长征求了我的意见后，就让我担任初三（6）班的英语老师。校长还特意提醒我，这个班有几个同学特别调皮。

果然，第一节课就有学生向我发难了。

我当时问学生："当我说'我很漂亮'的时候，是什么时态呢?"话音刚落，就从教室一角冲出一句怪怪的叫声："过去时，老师!"

一听，我在一些学生的轰然大笑中真的有点尴尬。

因为，我当时已经三十好几了。虽然平日里还是注意化妆打扮，但这个年纪的女人跟眼前这些花季少女相比还真成了明日黄花。只是面对这位同学似乎很刻薄的嘲讽，应该去怎样面对呢？说实话，我心里一时感到十分别扭。

少顷，我平静地说："请同学们稍等一下。"

说罢，我匆匆走出了教室。

当我返回教室时，教室里叽叽嘎嘎闹哄哄的。有个同学还伸长脖子看看门外，奇怪地问："老师，怎么校长没来呢?"

"怎么，还以为老师要去告状，搬来校长训话？你们有什么理由让我这样做呢?"接着，我举起一张相片，"我去办公室找了一张照片。看看吧，这是我十多年前的照片，怎么样？我当时还被男同学捧为'校花'呢。跟这张照片比较的话，如果我还说'我很漂亮'，确实是过去时。过去，我还的确漂亮。十八岁的姑娘一朵花。所以，刚才这位同学说的是实话！"

讲台下鸦雀无声。

我又说："现在坐在这里的女同学，说'我很漂亮'，既是现在时，也是将来时。还有男同学，说'我很帅'，也是如此。"

猛地，教室里响起了掌声。

这掌声响得好长！

我笑了。甚至，眼睛有点湿湿的。我真的有几分感动。为自己，也为这几十名同学的掌声。

我说："同学们，我们继续上课！"

时隔多年，这天是我的生日。一位自称是我的学生的男子上门。他西装革履、温文尔雅的模样，一看就是一个挺有出息的人。不过，他一见我马上就有点不好意思。

因为，我开门一看，脱口就说："哟，是你?!"

"老……老师还认得我?"

"放心，我把别人都忘掉也忘不了你！还有，你年前当上了总经理，这事也有同学告诉我了。好，不错！"

于是，我和他笑了。

他说，他打听到今天是我的生日，特意买来了一盒化妆品。他解释着，不贵，主要是表达一下心意。化妆品盒上还有一张生日贺卡。上面写着一句特别的祝福语："衷心祝愿老师永远漂亮——过去时！现在时！将来时！"

他就是说那句"过去时，老师"的学生。

离开时，他深深地向我鞠了一个躬说："谢谢您，老师！您给了我知识，更给了我一种做人的智慧。"我又一次感动，但接下来他的回话更让我感动。我说："要不，吃了饭再走?"他说："下一次我请老师吃饭。今天还真有点事，我约好了，等一下带几个人去探望一名烧伤了脸的女员工。还要告诉她，不会因为这张脸不好看了，就炒了她的鱿鱼。”

我想，当学生的不该念死书，当老师的更不能教死书。我蓦然想起母校的校训：“学为人师，行为世范。”

后来，这盒化妆品用完了。但那张写着祝福语的卡片我用精美的玻璃框镶着，一直挂在墙上。

快乐的马车夫

○江　岸

青龙街的叶冬华老太太，轻易不出门，只要一出门，在碰上门锁之后，还要在门外再挂一把锁。怎么回事呢，老头子陆延鹤一旦自个儿摸出门，就找不到回家的路了。

这天，叶冬华买了菜回来，看见大院门口站着一位老太太。老太太冲她笑了笑，问她：请问这位大姐，陆延鹤先生住这儿吗？

你是……叶冬华沉吟着。

老太太高兴地说：看样子，你就是嫂子吧？

叶冬华点了点头。

老太太伸过手来，在叶冬华胳膊上抚了一下，赶紧说：我可不是外人，我是他高中同学，几十年没见面了，顺便看看他。

叶冬华笑了笑，叹了口气说：恐怕他认不出来你了。

怎么啦？老太太有点吃惊。

叶冬华说：到家看看就知道了。

老太太跟着叶冬华，进了门。客厅里，一个高高胖胖的老头儿蔫巴巴地站着。老太太想，这个木呆呆的老头儿是谁呢？怎么不见延鹤呢？在她心目中，延鹤一直就是那个跳《马车舞》的青春鲜活的延鹤。

她目不转睛地盯着笨熊似的老头儿，心想，这就是我日思夜想的延鹤吗？这就是那个跳《马车舞》跳得又高又飘的潇洒快乐的马车夫？可是，这怎么可能呢，这老头儿身上哪还有半点延鹤的影子？她想走过去，走到他的身边，可是，他似乎看都未看她一眼，或者说看到她了，和没有看到一模一样。她就钉子般钉在原地没动。

叶冬华走过来，碰碰她说：你快进来，坐下歇歇呀。

老太太走到沙发边，坐下来，叶冬华挨着她坐着。叶冬华挽着她的胳膊，笑着说：我没猜错的话，你就是林玉枝大姐吧？

老太太一愣，反问道：你怎么知道？

叶冬华指了指老头儿，忍俊不禁地说：从前他哪回和我吵架，都要提你，后悔这辈子没娶你，倒霉的是娶了我。说着，叶冬华的脸寒了下来，幽幽地说：现在可倒好，你来了，他成这样了。

他怎么了？林玉枝着急地问。

唉，痴呆了。叶冬华说。

两个老太太沉默了好一会儿。

林玉枝瞥了陆延鹤一眼，缓缓地说：都老到这份儿上了，我也不瞒了。那时我们是好过一段，还海誓山盟呢，可毕业后天各一方，只能分手。延鹤后来被打成了右派，我想回来看看他，我们家那位不让，说我敢回来看延鹤，就和我离婚。我们都是同学，我没办法。上个月老头儿心肌梗塞，不在了，我才敢摸回来。我不看看延鹤，死不瞑目啊！嫂子，我这样说话，你不吃醋吧？

他都这样了，我还吃啥醋啊。叶冬华苦笑。说着，叶冬华将陆延鹤搀过来，扶到沙发上坐着。她大声说：老陆，你念了半辈子的人来了。你们好好说说话。

叶冬华和林玉枝憋不住，一起嘿嘿笑起来。

林玉枝大大方方地拉着陆延鹤的一只手，问他："延鹤，你还记得我吗？"

陆延鹤不回答，眼光空洞地照一照她。

林玉枝喃喃地说：他过去是我们班里最帅最帅的……

林玉枝情不自禁地回想起那次跳《马车舞》的情景。在那次市里组织的慰问苏联专家的晚会上，他和她们表演了乌克兰民族舞《马车舞》。在悠扬的手风琴声伴奏下，随着碰铃有节奏的脆响，大红金丝绒幕布一拉开，他，一个快乐的马车夫，赶着马车出场了。扮演马车的是她和另外三位姑娘。她们穿着红裙红衫，手持象征车辕的大花环，胳膊上挽着系有铜铃的彩绸，脚穿半高筒硬底靴，踢踢踏踏地跳起来，跳得无比热烈欢快。他手持缀满花朵的长鞭，两腿像是装上了弹簧，在空中绷成一条直线。台下的观众席里爆发出了如痴如醉的掌声。他在掌声的激励下一遍遍跳啊跳，跳得一次比一次高，一次比一次飘，掀起了整个晚会的高潮……

想到这些，林玉枝似乎回到了如火如荼的青春年代，忍不住轻声哼唱起来，那明快激荡的旋律几十年没哼了，哼起来，仍是那么的流畅。哼着哼着，她听见一声嘶哑的附和声，扭过头一看，陆延鹤的嘴唇正一张一合呢。她又看看叶冬华，叶冬华的眼睛亮了一下，冲她点点头。

林玉枝提高了声音，继续哼唱着，双脚踢踢踏踏地叩着地板，手指有节奏地敲着茶几，客厅里一下子像是有了一台戏。

这时候，林玉枝和叶冬华惊讶地看见，陆延鹤的双腿有了一下一下的节奏感极强的颤动，他的一只手伸出来，指头弯曲着，向茶几敲去。

下雪了

○刘立勤

下雪了。

黄三宝做完今年最后一件农活儿，夜里天就变了。黄三宝倒头便睡。心里无事，睡得也踏实，一觉醒来，天已大亮。推开门，嗬，满世界都是雪。好雨知时节，好雪又何尝不是呢。黄三宝正是需要一场好雪来完成后面的一切呀！

黄三宝急着给儿子结婚呢。

黄三宝急着请人来帮忙呢。

先是做酒。酒母子早在地窖着了急，一个劲儿冒着香气，一丝丝，一缕缕，穿肠入腹，沁人心脾，勾引得人坐立不安。早该做酒，却总是没有时间，地里的活儿总是做不完。下雪了，干不成地里的活儿了，他就踏着雪请人。先是做酒的把势，做酒的把势就是自己的亲家。虽然说是亲家，儿媳却没过门，而这酒呢，又是为了儿子结婚用。黄三宝的客套里也多了一份小心。倒是亲家显得轻松，忙着搭灶，忙着支酒甑，忙着上天锅，忙着烧火。火烧旺，酒就来了。

把势终究是把势，把势做的酒真香，满院子飘着酒香，接着村里的男人们顺着酒香来到院子里。黄三宝就用小碗，一碗一碗地敬酒。再好的酒量也经不住这流水的客，不到晌午黄三宝就醉了。喝了酒的男人一个换一个地陪着把势做酒、喝酒。把势真是海量，喝走了全村几十个男人，又喝饱黄家的三个瓮、五个罐、十个酒篓子。就连黄三宝下地用的酒鳖子也装满了酒。办完了喜事，还有一年的剩余。

酒做好了，就该杀猪了。猪呢，圈舍里专门喂了两头，两头猪的肉怕有一千多斤呢，够全村子的人大吃三天的了。女人起初还不忍，可一想儿媳妇儿的乖巧样，也就应了。因而当胡屠夫揹着家伙来到院子，女人早已烧开了两大铁锅的水。胡屠夫看着那水花，轻轻一笑，就跳进圈舍逮猪尾巴去了。很快就听见了猪的叫声，没了叫声，白白的雪地上就有了红红的猪血，一点一滴，十分娇艳，像是墙角的梅花。胡屠户放下屠刀，捻须一笑："老黄，儿子怕要给带个儿子回来呢。"胡屠夫是个老屠户，杀猪时能看出稀奇的事情。黄三宝想咋能呢，轻浅一笑，只当是胡咧。而做酒的把势听了，就一脸赧然地出了院子，刮毛的、翻肠子的都放肆地笑了起来。黄三宝见了，一正脸色说，敢带个儿子我打断他的腿。老屠户知道黄三宝的为人，不再说笑，狠劲地忙活。半晌的时间，两头猪的肉就在院子里挂成两长排，十分地馋人。

猪杀了，就是鸡了。杀鸡简单，是个人就行，黄三宝请来了一帮女人。女人做事细心，杀了鸡，煺了毛，连鸡爪上针尖大的一点茧子也不放过。煺了毛剥去茧子又洗过三遍，硬是没有一点儿其他东西才罢了手。手还没暖热，又开始杀鸭，杀完鸭子又剖鱼，忙得不可开交。直忙到后晌，才有时间直起了腰。

抬眼去看院子，院子里挂满了肉。两排猪肉，一排鸡肉，一排鸭肉，一排鱼肉，真气派。做完了活儿的女人嘴就多起来，都说那姑娘有福，都说黄三宝有能耐。说着说着就不着边际了，黄三宝听了，就躲进儿子的新房偷着乐去了。

接下来嘛，就开始炸菜、蒸馍馍了。黄三宝就这么一个儿子，几十年的辛苦劳作就是为了儿子这几天。他计划办八十桌席面，他想把全村的男女老少都请来乐和乐和。因此，他做席面的大师傅是请镇上的名厨，炸菜的师傅也请的镇上的高手。先炸肉，炸肥肉做条子肉，做红烧肉；炸瘦肉，瘦肉做凉盘，做丸子汤；然后炸豆腐、炸面食。末了儿，师傅还炸出一个鲤鱼跳龙门的面食，惊喜了满院子。接着是蒸花馍，蒸花馍的师傅也是镇上请来的，花馍做得各色各样，让人开了眼。后来，花馍师傅又蒸了送子娘娘送贵子的花馍，更是赢得了满堂的喝彩，美得黄三宝竟然偷偷地掐了自己女人一把。

下来该搭戏台子了。结婚唱戏是这一带的规矩，谁家办事都得唱戏。就是再没有钱的人家，也得请人放场电影，或是放场录像。黄三宝是什么人，要钱有钱，要面子有面子。这么张扬地忙活，还不就是为了一个脸面、为了一个气派吗？黄三宝请了县剧团，还请了全县有名的花鼓名角，还请了电视台“张名记”。他要唱三天大戏，他要“张名记”把三天的热闹三天的喜庆三天的气派全部拍下来。他不仅要自己看，让亲戚邻居看，他还要让未来的孙子看，他似乎看到未来的孙子看到这个场面乐呵呵傻乎乎的神情。

一场雪带了半个月的空闲，全都被黄三宝占了。该做的都做了，该忙的都忙完了，该一对新人出场了。儿子在南方打工，儿媳妇儿也在南方打工，黄三宝准备大大操办婚礼的事情早就告诉了儿子，儿子一直不答应。后来直说得儿子没了办法，才只好答应。由于时间太紧，儿子说女方没嫁妆，他们直接从车站赶回参加婚宴。没就没吧，要那些嫁妆做什么呢。黄三宝答应了儿子，就找十辆红色桑塔纳到火车站去接儿子，接儿媳妇儿。

村口鞭炮响了起来，莫不是迎亲的车队回来了吧。这会儿，黄三宝却紧张起来了。他想起胡屠夫杀猪时说过的话，他想起杀鸡女人的玩笑，他又想起儿子暧昧的态度。莫不是儿子真的是有了儿子？要真是那样，那才是丢了老鼻子人了。不过现在也顾不上了，车队已经到了门口，已经看见儿媳妇儿妖妖地走了下来。

儿媳妇儿走进门里时，雪又来了。

又下雪了，下雪的日子才是一个喜庆的日子呀。

讨厌的女人

○刘建超

英语培训班的学生都不在状态。

教师很着急，学生们并不在乎。

学校是全国的名校，教师也是特级教师，可是来补习的学生不说成绩参差不齐，有高中生，有大学放假的学生，也有自学培训的，想法也是天南海北。许多人是被家长逼着来补习的。强化英语成绩是为了出国，出国留学是家长们的迫切希望，孩子们的想法是屈从家长的意愿，真正想要出国的也未必有几个。

年轻的女教师名牌大学毕业，备课很认真，授课方法也很多样化，可就是调动不了学生学习的热情。漂亮的女教师心急上火，红润的嘴唇上都起了泡。

同学们，家里都花了不少钱，我们集中精力好吗？

回应的声音少气无力。

晓力，你来解释一下这个单词的意义。

站起来一个虎头虎脑的男孩，说，老师，我还弄不明白。

那就该用心学啊，你不是要去欧洲吗？

前排一个瘦子说，老师，晓力他爸是大老板，有的是钱，出国带个翻译官就行了。

大家都笑了。

第三天，正上着课，班里来了个学生，是个大学生，一个四十多岁的女人。

大家小声嘀咕着，这么大的人了还来补习。

女教师说，这位新来的同学做一下自我介绍好吗？

女人也不做作，大大方方地说，好吧。我的英文名字叫玛丽亚。在美国待了两年，做保姆。回来探亲，想把英语再提高一下，将来能够做管家。

大家起哄，给布什做管家吧，给施瓦辛格做管家吧。

管家婆，就成了这女人的绰号。

很快，大家就发现这个“管家婆”女人很讨厌。

让人受不了的是，管家婆经常表现得比漂亮女教师懂得还多，还和老师争辩。更让人讨厌的是，管家婆挂在嘴边上的那句口头禅：我在美国就是这样的。你在美国想怎么样就怎么样，可是你现在是在中国，你张狂个啥呀。好像你在美国就很了不起了，不就是给人家当佣人嘛。

老师说，我们来解释一下名誉校长这个单词。

老师刚解释完，管家婆就举起手，老师，我对这个词有不同的解释。老师耐心地听完解释，又耐心地把自己的理解讲了一遍。大家明白了吗？

明白！同学们齐声回答。

管家婆点点头，我勉强同意你的说法。

老师又讲解了个单词，名人录。同学们理解了吗？

管家婆又举起手，老师，我想与你商榷一下这个词的用法。

老师的面部表情显得很无奈。

有的同学就开始反击，我们不想听你的商榷，我们要听老师讲课。

就是嘛，显摆你懂得多啊，要显摆，回美国去显摆。

管家婆还想争辩什么，看看周围的同学，无奈地做了个手势，OK。

那堂课，同学们听得格外认真。

管家婆似乎很忙，课间休息时就抱着手机不停地打电话。同学们就打哈哈说，是不是美国的大老板急着要你回去做管家啊。女人并不气恼，也不理睬，一副盛气凌人的架势。

管家婆与同学们的冲突发生在一堂讨论课上。

老师讲了一个故事：一辆旅游车在山间行驶，游客被美丽的风景陶醉了。有一对年轻恋人被自然风光迷惑了，女孩请求司机停下车拍几张照片。车停下，男孩女孩跳下车尽情抓拍着美丽的景色。车上的人开始催他们上车赶路。女孩意犹未尽，央求男孩与她一起步行。旅游车开走了。一对恋人在山间忘情地玩耍，晚上就借住在山村的农家。第二天他俩上路，看到了事故现场，原来，他们昨天乘坐的那辆旅游车在一个山洞前，被山上滚落的一块巨石砸中，翻进山涧，车上的人全部遇难，无一幸免。老师要求大家分组讨论，如果你是那男孩或女孩，知道这件事情后有什么样的想法。

同学们自由结合成几个组讨论，没有人和管家婆组队，女人也不计较，自己托着下巴冥思。

一个组说，女孩男孩后悔没有把大家都动员下车拍照，这样就可以避免灾祸发生。

一个组说，男孩女孩应该让客车再等一下，如果车上的人不急着催促司机走就不会发生这种事情。

晓力说，老师，我们能说实话吗？我们真是太幸运了。

老师说，正确的答案是，女孩满脸泪流对男孩说，我们不该下车。

教室里一片沉默。

老师，我不同意你的观点。管家婆又举手发言，对一件意外事件的发生有诸多的变数，不可能有一个正确的答案。即便是那一对男孩女孩不下车，也可能有别人下车，比如有人要下车方便，比如有人晕车要休息一会，比如有人要下车买山里的山货，比如司机要停车加油，同样可以造成客车被砸事件。所以，让那对男孩女孩自责是没有道理的。

同学们有些愤怒了，太没有同情心了。瘦子同学与女人开始争辩，急得说起了汉语。

女人平静地说，这位同学，请用英语。

瘦子一时语塞，急红了脸看着大家求救。

老师说，这个问题，我们在下一周进行一次专题辩论。希望大家积极准备，看看我们能不能辩过这位从美国回来的同学。

说不清是啥原因，大家上课学习的劲头足了。老师的提问，不待管家婆举手，大家早把手都高高举起来了，一个说不全下一个补充，就是不给管家婆显摆的机会。

学期培训结束了，大家从校长手中接过了结业证书。给他们发证书的校长，正是他们班里那个让人讨厌的想当管家婆的女人。

漂亮的女教师笑着告诉大家，她是我母亲。

五枚硬币

〇巩高峰

十七岁那年的春夏之交，我抱着两条烟一箱酒，从镇上派出所办了个十八岁的身份证，花掉母亲含泪卖的那头半大小猪的钱到了上海，用低声下气的哀求让老乡把我带进了一个家具厂，当油漆学徒工。

上班的第三个月，我坐公交车去看我们车间主任。车间主任病了，不，应该叫伤了。反正是住院了，在离工厂二十七个公交车站以外的市立医院。大家伙儿都去看望了，就剩我一个没去。于是我有些慌张。俗话说万事赶早不赶晚，主任平时对我就不太满意，这下可好，弄了个倒数第一。没办法，这个月我连着白班，天没亮上班天黑了下班，总不能半夜三更地去吧。于是我决定买个体面一点的水果篮，希望可以挽回败局。可是水果篮的价钱超出我的预计不止一倍，所以坐上公交车后，心疼的感觉开始翻江倒海起来。两个月的加班费啊，就换来这么个拳头大的破水果篮。于是，我给我的这个决定起了个很形象的名字：割肉计划。

做好了自己的思想工作，我检查了全身，还剩下五枚硬币，它们在我最习惯放钱的兜里沉甸甸地坠着。拍了拍它们，听到了叮叮当当的响声，我踏实了，这才注意到公交车上的人都躲着我。我知道是我身上的油漆味引起的，没办法，车间里一班下来就是十二个小时，别说身上了，就连头发丝、眼睫毛、皮肤的褶皱里全都是油漆味。我们车间最有文化的工友说，这叫每个毛孔都冒着油漆的清香。

要说主任其实也没什么大伤，就是让机器绞掉个指甲盖。这种伤要是放我们身上顶多也就是给个轮休，可在主任那儿却要住院。也许主任伤的是手，想检查的是自己的威信吧，反正一个车间大几十号人，很快就纷纷扰扰地割裂成很多块，倒两班公交车去看他。

不过医院比我们车间可好多了，清新凉爽，还有点小风。找到主任病房的时候，主任正跟一个漂亮的护士闲聊。见一个水果篮先探头探脑进去了，主任连忙躺下，挂出久病不愈的表情。主任显然没对水果篮有什么特别的惊喜，因为床头的柜子上已经堆了小山一样的礼品。我知道，我的割肉计划失败了。

还没出医院大门，我便在心里盘算着五枚硬币怎么使用才能尽量地优化。我喜欢吃拉面，每次到市里都要吃一碗兰州拉面，这是我最任性最奢侈的习惯。兰州拉面三块钱一碗，剩下两块钱正好够坐车。这么一算，回到厂里我正好一穷二白。

拉面店在市里不好找，好容易有了一家，服务态度却极差。我叫了四声服务员，才从里间出来一个穿着黑黄的白大褂的壮小伙。我要了拉面，那人懒得搭理似的又回去了，半天也不露面。我急了，就是马上回去我也只能睡五个小时，之后就是白转夜的二十四小时连班，让他们这么一耽误，我别睡觉了。

拉面终于上来了，我把起火的心思往回收。可第一口我就吃着不对劲——拉面味道不纯，绝对不是正宗的兰州拉面。可筷子一挑漂出个荷包蛋，又把我的不快压了下去。心满意足之后，我抹了嘴刚要喊付账，那壮小伙就极快地闪到桌前，礼貌地说，先生，一共四块钱。我瞪了瞪眼，怀疑道，我从来没吃过四块钱的拉面。那壮小伙有点不耐烦，边收拾碗筷边说：拉面是三块钱，里面不是有个荷包蛋嘛。

我眼睁睁看着他从我手心里一个一个捏走了四枚硬币。剩最后一枚硬币了，我握在手里晃悠半天，晃出一层汗珠来，硬币就含泪委屈地瞅着我。坐一班车后离厂里还有十九站，走到天亮怕是也到不了。打的回去再给钱？那要多少钱啊，还不如杀了我呢。最后，我想出一个主意，打电话叫工友接我——以前他们这样干过，划算一些。想定，我一扭头就见到一个投币电话机静静地卧着，像是在专门等我似的。

投了币按了号码，里面静了半天，才很不耐烦地传出嘟嘟嘟嘟的声音。完了，吞币了。突然间我傻了一样，觉得自己像是站在一个四面都是沼泽的荒岛上，茫然无助。好半天，愤怒才回到身上，我别无选择，狠狠给了电话机一拳。行人的诧异和拳头上钻心的反作用力让我不得不弯下腰以掩饰我的羞怯和痛楚。

当啷啷。清脆的声音盖过了我的疼痛。我四顾了一下，大脑让思维指挥眼睛从天空转向了电话机。在出币口那儿，堆了五枚硬币。

没错，是五枚，到今天我还记得清清楚楚：五枚硬币，崭新崭新的。

梅雨纷飞

〇江慧妍

丽梅求了组长好几天，组长才批了她半天假。

这个月厂里连续加班，每天都从早上七点半工作到晚上十一点，中午只休息半小时。丽梅累得不行。有了这半天假，她可以睡个懒觉了。

丽梅闭着眼躺在床上，但心里还是不踏实，才给半天假，要做的事情太多了：要到邮局汇钱回家；要到药店找几种电视上介绍的特效药给妈寄去；还要买一些日用品。丽梅睁开眼睛，跳下床去了洗漱间。

早上这里最热闹，笑声骂声水声搅成一片。丽梅今天不急，默默地等在众人身后。

好像也只不过是几分钟，女工们就潮水般退去，整个洗漱间只剩下丽梅一个。她边刷牙边往窗外看，窗外是巴掌大一片天，灰灰的，横着几枝铁褐色的树干。两只花雀在树上跳来跳去，这倒让她吃了一惊，没想到这个荒漠一般的工业区还有这种雀儿，怎么以前就没注意到。

丽梅走出大门，到工厂旁边的小店买了两个馒头。上班时间，工业区的路上几乎看不到行人，间或有一两辆飞速驶过的出租车，卷起一股股尘土。她慢慢地吃着馒头，手下意识地几次去摸放着钱的口袋，摸到了，就抿着嘴笑。

两个馒头很快就吃完了，就她的食量，再吃上两个也不成问题。但她舍不得，她的钱要攒下来，寄回家派大用场：妈等她的钱治病；两个念书的弟弟等她的钱缴学费；还有她家欠下的债……工作三个月了，才存了不到五百块，还是和同乡借了些才凑了个整数。本来不止这个数，不过厂里要扣押金，办暂住证，就只有这些了。她想不通，都是中国的地界，咋还要办张暂住证?

天空灰蒙蒙的，不时飘洒几丝凉凉的细雨。

丽梅远远地看到邮局门口围着很多人，场面混乱。丽梅挤在人群里，看了看时间快到九点，人群忽然大乱，等她弄明白是邮局开门时，几个窗口前已挤得水泄不通了。大白天的，营业厅还是开着许多灯，白亮亮的，扎人眼。到处是人，保安在大声吆喝，竭力维持秩序。

时间一分一秒地过去，她只是机械地随着人流往前挪，手一直紧紧地按住口袋。一个和她父亲差不多年岁的汉子望着她，迟疑地请她代填汇款单。丽梅想起同乡说过，邮局里骗子特别多，于是便警惕起来，低下头，并不理会那人。

那汉子见丽梅不搭话，有点失望，嘴巴微微张着，眼神游移。他把手在肮脏的衣服下摆使劲搓揉着，呆立良久，终于走出了营业厅。看着那人沟壑纵横的脸，丽梅想起了父亲。一时间，父亲，母亲，两个弟弟，家里养了七八年的黑狗，屋后的那棵甜杏树，村里的路，水田旱地……一起跑出来扰乱着丽梅的脑子。她的眼睛不觉就模糊起来。

六号窗营业员大声骂人的声音让她回过神来。“六号”大声呵斥着填错单子的顾客，尖厉的声音被扩音器无限放大，在人群里撞来撞去。

轮到丽梅时，已经快十一点了。她对“六号”有些怕，小心翼翼地回答她的问话。

“你说话大声点，蚊子似的，鬼才听得见。”丽梅红了脸，把声音提高了。“六号”对着电脑啪啪敲了两下，她的手机响了。“六号”拿起手机，用本地话聊起天儿来。

眼看着好不容易请的假一分钟一分钟在干等中溜走，她很想催催，终是不敢。等“六号”放下手机，输完她的资料时，她望了一下大挂钟，正好二十分钟。丽梅不免有些气自己，怎么就不敢在她听电话时催催。

终于弄好了，外面仍然下着雨。她找到一个公用电话，拨了好久才拨通邻居家的电话。邻家婶子问了她几句话，便去叫她父亲了。

“丽梅?”父亲的声音传来时，丽梅的眼泪一下涌了出来。她咬牙忍了忍，尽量让声音清脆些。

“梅子，你在外头还好吧?”这次电话里传来的是母亲的声音，还夹些喘息声，可能是一路小跑过来的。叫了声妈，丽梅的眼泪漫了出来，哽咽不能出声，她把话筒移得远些。

定了定神，丽梅说：“我今天寄回了五百块钱，你和爸商量着花吧。你的病再去查查，别拖了。现在我能挣钱了，你们就别太苦着自己了。”

“梅子，家里有我和你爸呢。你在外边别太亏了自己，女孩家自己添两身衣服。”母亲说了这几句也哭了，把电话递回给丽梅她爸。

父亲又嘱咐她一个人在外不要太省的话，讲了不几句，父亲心疼钱，想挂电话。丽梅忙叫住他：“爸，爸，别挂，这里电话费便宜，多讲两句吧。”

又讲了三两句，父亲还是挂了电话。丽梅握着话筒，听着里面单调空洞的忙音，只觉得喉咙堵得慌。从家里出来后一路的拥挤和辛苦，进厂受的种种委屈，想家时的压抑，通通涌出来，堵在喉咙里。

丽梅失魂落魄地走出去，雨水和泪水混在脸上，直到走回厂里，才想起要买的东西都忘了买。她怔怔地在宿舍的床沿坐了一会儿，叹了一口气，拿了袖套快步向车间走去。

上班时间到了。

卧看牵牛织女星

〇刘国芳

那年我考取了杭州一所大学，父亲带我去学校报到，办完手续天就黑了，父亲想坐夜间的火车回家。我没让父亲走，想让他在那里玩两天。经不住我左劝右劝，父亲依了我，但他只同意在杭州玩一天。

那晚父亲得住旅馆了。父亲把我安置好，就走了，跟我说他去找旅馆住。但我在父亲走后，一直觉得父亲不会去住旅馆。我们家很穷，我读书的钱，有一半是借的。父亲平时很节俭，从不乱用一分钱，他怎么可能花钱去住旅馆呢。

我的想法没错。后来，我去了火车站，果然在车站看见了父亲。大概是没有车票，父亲连候车室也进不去，只好在火车站门口的台阶上坐着。我看见他的时候，他正仰着头看着天上。我不声不响地坐在父亲身边，父亲开始没发现我，等发现了，父亲有些不好意思。但父亲很快笑了起来，父亲说："我觉得在这儿坐一夜更有意思。你看，秋高气爽，满天的星星，月亮分外明亮。还有，你看，那是牛郎星，那是织女星。"我看着父亲，眼圈红红的。我在心里说，父亲，您哪里是想看星星呀，您是舍不得花钱住旅馆。但我没有这样说出来，我只跟父亲说："我陪您看星星吧，我也喜欢星星。"

这晚，我和父亲一直坐在车站门口的台阶上，我们都抬着头，往天上看。后来，父亲就提议我们各背一首诗，诗里要有牛郎星和织女星。我先背起来："银烛秋光冷画屏，轻罗小扇扑流萤。天街夜色凉如水，卧看牵牛织女星。"父亲则背道："九曲黄河万里沙，浪淘风簸自天涯。如今直上银河去，同到牵牛织女家。"随后，父亲又提议我们背一些与月有关的诗句。就这样，我们一首一首地背着。不知什么时候，我睡着了。等我醒来，天已有些亮了，父亲的一件外套盖在我身上，而父亲，却蜷着身子坐在我身边。

这是一个我终生都不会忘记的夜晚，尤其是父亲那蜷着身子的样子。

一晃很多很多年过去了，我女儿也考取了南京一所大学。把女儿送到学校，报了到，安置好女儿，天也晚了。

毫无疑问，我要在南京滞留。女儿说南京是值得一玩的城市，何况，女儿入学还有一些手续没办完，我最少得在南京住一夜。

晚上，我也去了车站。按说，在宾馆住一两晚我还消费得起，但秉承了父亲节俭的天性，我竟舍不得花那么一百元或几十元钱去住宾馆。这样，火车站便是我最好的去处了。

也是个秋夜，风清月白，繁星闪烁。我仰着头，看天上的明月，看天上的星星，看牛郎星，看织女星。遥想父亲当年也这样在车站外面坐着，心里竟生出一种做父亲的自豪来。

忽然手机响了。

是女儿打来的，我刚把手机放在耳边，就听到女儿说："爸，你不会在车站过夜吧？"

"哪能呢？"我说。

"那你告诉我，你住在哪家宾馆？"

我前面不远是石头城饭店，那美丽的霓虹灯就闪烁在我眼前，我随口答道："石头城饭店。"

"真的吗？你一定要住宾馆呀，天冷了，外面凉。"女儿说。

"住了住了。"我还在撒谎。

这天晚上，我一直坐在火车站外面的台阶上。

和我一起在这儿坐着的，还有许多人。我明白，其中，也有像我一样的父亲。

建筑工

○平　萍

每次路过商城市那座标志性的国贸大厦的时候，我就会想起来他——那个有双黑亮眸子的男孩，朝我憨憨地微笑。

那是一个酷夏的凌晨。我正在派出所大门口乘凉——暑热难挨呀。加上还有一起打架斗殴的事件没有处理完，我这个所长自然也不可能休息。他一身肮脏、汗湿的短衫短裤进了大门。那双黑亮黑亮的眼睛，清澈透明，带着一份赧色，含着一份怯意，闪着一份坚定，看模样也就十四五岁的年龄。

我问："报案？"

他点点头，说："那个地方，正在赌博。"

我知道如是的报警电话较多，但人亲自来的，少！我即刻叫上值班的另外一民警，带着男孩，开车来到他指定的地点——国贸大厦建筑工地。进去前，我告诉男孩："不要一起进去，找个地方先躲一躲。"

那个男孩点点头，下了车。借着汽车大灯的光亮，我居然看到了他的一颗巨大的泪珠，滚出了右眼眶。

身着警服的我和同事，一出现在工地深处一拐角处，巨亮的灯光下，一群光背汉子们有蹲有坐的，一下子全作鸟兽散。我们两名警察自然也攥住了两个赌博者。好在我们都是好眼力，这两个人都是工地的小头头。很快我们知道他们玩的是拖拉机。一个晚上下来，至少半年的工钱打了水漂。

很快，我们拘留了两人，并罚款了多人，还将工地的包工头叫到了派出所接受警告批评。这时我才知道，那个男孩的叔叔就是被拘的一个小头头，他的在老家的媳妇儿去年遭遇车祸瘫痪了，全由比男孩还小的女儿照顾着。

男孩的叔叔被拘留那半个月里，一看见那双湿润润的黑亮眼睛，我心头总是滚动着一股柔情：这是一个跟我女儿一般大小的孩子啊。

于是，我多次来到工地，找到包工头，责令他要加强农民工日常管理工作，否则，今后必须承担连带责任。我严厉告诫的时候，一定很具震慑力，因为我看到了包工头眼睛里滑过的恐惧。

有一次，临行前，无人处，我硬塞给男孩一个小红包，那原本是准备给上初中的女儿买英文电子辞典的钱。

一周后我接到报警电话："一名建筑工在24层踩空跌落，从尚未开通的电梯间！"我赶到现场，那是一具被盖了破草席的小尸体——天哪，居然是那个男孩！整个身躯如同一幅惨烈的油画。那双黑亮的眸子永远不会再睁开，更不会憨憨地落泪、朝我微笑了。我泪如泉涌。

我坚信，这个意外事件，太蹊跷。果真，三个多月的坚守侦查，终于可以告慰男孩及其叔叔家人了，尤其是我的心灵深处的那份疼痛。

那个包工头，听说男孩子往叔叔家寄了三千块钱，就明白了警察总上门来的缘故。他说："我的地盘我做主，还轮不到你个毛小子！"于是，他安排了一个老建筑工，在24层电梯间口，将被指使去搬砖的男孩推了下去，凶手获得了五千元钱。

又三个月后，主谋——那个包工头被执行了死刑。

可我没记住那个男孩子叫什么，只知道他是一名小小的建筑工，一个来自大别山老区的孩子。

谷子

○吴卫华

谷雨后雨水渐丰，淅淅沥沥的小雨已经下了两天，老黄牛郁郁地卧在牛棚里，长久地望着青白的天空。院子里有几棵杨树，细雨洒在树叶上再汇成大点滴落到下层的叶片上，发出叭叭的声响。老黄牛很想在这清新的细雨中，走出村去看看田野。

谷爷的儿子来了，向正愁着牛病的谷爷说："兽医都说不能好，趁着它还活着还能走，牵到王屠牛那儿卖了吧，等死了再卖价钱就亏大了。"谷爷看看儿子说："它还活着，我怎能忍心让王屠牛杀了它，死了再说吧。"儿子说："它是一头牛，不是我爷爷。"谷爷心里更觉郁闷，走到牛棚里去看牛。牛依然病恹恹地卧着，痴望着牛棚外的雨雾。谷爷明白牛的心思："想到外面走走？别急，等你好了咱们就到外面走走。"谷爷在心里问自己，"还能好吗？"谷爷看了一会儿牛，从牛棚里出来，闷闷不乐地走出院子，他要再去问问兽医，他的牛还有得治没有。

儿子看着谷爷背着手走出院去，在后面紧着问他一句："这牛卖不卖？"谷爷既没回头也没答声，只管背着手走出院去。儿子就帮谷爷拿下主意，自语说："那我就把它牵走了。"

有几只俊黑的小燕子，在细雨中斜飞逸行，老黄牛更渴望到村外的田野上走走了。谷爷的儿子吆喝起老黄牛。它站了起来，虽然四肢虚软，还能迈步。它跟在谷爷儿子的背后，前面的缰绳紧扯着，让它很不舒服，它的精神还是振奋了许多。它走出村去，烟雨蒙蒙中的田野清新异常，那些熟悉的气息和景色，悉数纳入它的鼻中和眼里，它是多么眷念贪恋这些啊。它一步挨一步地给谷爷的儿子牵扯着前行，出了村子，又不下地，一直走向村外，它想问问究竟到哪儿去，却虚弱得不想开口。前面谷爷儿子的双肩已给细雨洒湿，洇浸出老大两片，它恍惚觉得是谷爷在牵着它走，就很放心地随谷爷走下去。

村首路边那棵合抱粗的老桐树，装饰出一身繁花，在细雨中郁沉沉地看着它，用浓浓的香气告诉它："我在这儿给你送行。"

谷爷到了兽医家，说："你再去看看我的牛。"兽医却拿出一瓶酒端出两碟小菜招呼谷爷说："来，老哥哥，喝两盅。"谷爷说："你还是先去看看我的牛吧。"兽医硬扯着谷爷坐下："它太老了，你不忍心杀了它，那就让它安静地了结生命吧。雨天没事，咱们喝几盅。"谷爷就跟兽医喝起来，说的仍是他的牛，说牛跟了他二十年，在它是头小牛犊时，就被买回了家，跟着他一块儿种谷子……

回家时已经微醺，雨也不下了。牛棚里空荡荡地不见了牛，儿子却把一沓钱交给谷爷，谷爷有点惊慌地问儿子："牛呢？"儿子说："卖给杀牛的了。"谷爷越发惊慌："卖给谁了？"儿子这才觉得事情不像他想得那么简单："卖给邻村王屠牛那儿了。"谷爷转身向外就走，几乎小跑着出去。

谷爷急急走到邻村王屠牛那儿，远远就看见场地上横躺着一头牛，四肢直伸，地上一摊血迹，显然牛已经死了，边上还围着几个人。谷爷没敢近前，他认出那就是他的牛，牛睁着灰白的眼睛。谷爷不由老泪纵横，转身回走，边走边哭。

牛没后，谷爷一直郁郁不乐，还老觉得身乏体酸。地里的谷苗一茎挨一茎地钻出来，没多久就欣欣向荣成了一块青荡荡的好谷苗。

谷爷常常走到田里看他的谷子，有时会恍惚觉得老黄牛在他身前或身后慢吞吞地走着。

谷子秀出青茸茸的谷穗时，谷爷发现了一个大问题，那就是麻雀特别多，整个李家泊就谷爷这块谷地大了，到时不知那些天性中喜欢谷粒的飞贼会怎样大肆窃掠他的谷粒。谷爷早早用前年的谷草绑扎了一个看谷佬，给它穿上自己穿旧了不要的褂子，并戴上一顶破草帽，还在它的两臂系下长长的红布条，然后把它插到谷地中央，背后看去，宛然就是谷爷站在地里看守庄稼。

给谷地里安置好看谷佬后，谷爷就病倒在了床上。谷爷躺在床上郁郁地想着他那一地的谷子，默默计算着日子，那些青茸茸的谷穗，这时节都应该长得粗壮沉实饱满了吧，那一地万头垂动的谷穗，应该长得像当年毛主席背着草帽穿着白衬衣走进的那块谷地那么喜人了吧。谷爷很想去地里看看他的谷子。

谷爷的儿子每次走来看他，他都要问儿子那些谷子怎么样了，儿子每次都说好得很。谷爷还是不放心，他知道在这个殷实的秋天，正是鸟儿无需忧虑饥饱的季节，尤其是那些贪吃的麻雀，它们会成群结队拉帮结派地飞落到谷地里，噪声惊人地劫掠谷粒。

谷爷等儿子再来看他时，郁郁地问儿子："那些贪吃的麻雀把谷子糟蹋成了什么样子？"儿子安慰他说："今年麻雀是多，但不知为什么，很少有落到我们谷地里偷吃的。谷子好得很，比往年都长得壮实饱满。"谷爷虽然不大相信儿子的话，还是略觉放心地沉沉睡去……

谷爷做了一个梦，在梦中，谷爷像往常那样走向他的谷地。谷爷看到他的谷子果然如儿子说的那么好，沉甸甸的大谷穗低头交颈挤挤挨挨地布满田间。谷爷听见一地的谷子细碎地欢叫着：谷爷，谷爷……

谷爷心满意足地巡视着他的谷子，在谷地中央，谷爷看到了那个戴着顶破草帽挥着红布条的老人，谷爷紧紧握住老人的手说："谢谢你把我的谷子照看得这么好。"老人说："这是你最后一次托我照看这些谷子，我也是最后一次给你看守它们了。"谷爷和老人久久地站在谷地里，谷爷再次听见拥围在他四周的谷子发出细碎的欢呼声：谷爷，谷爷……谷爷眼中流下泪来。

谷爷的病越来越重了，到收割谷子时，谷爷已经不行了，谷爷跟儿子说："我去谷地里看过了，那些谷子真的很好。"

谷爷没等到谷子收割到家就走了。那年谷爷的谷子收成真的很好，旁人田里的谷子都被雀儿糟蹋得严重减产。原来，谷爷的儿子在谷子快成熟时，不辞辛苦地用红色塑料袋一兜兜将谷穗扎罩起来。

谷爷走后，谷爷的儿子就不种谷子了。谷爷的儿子对谷子不感兴趣。

大象之死

○赵　恺

大象毕生尊严，包括死亡的方式。

一旦意识到衰老，意识到因为衰老而将成为别人的障碍，它便悄无声息地离群而去。接着便是孤独辞世的过程：偌大一尊“大山”默默倒下，默默消失，就像是一片树叶默默飘落和消失。

我们要说的一头老象就是这样。

一天，在象群转移途中，它开始实施自己命运转移了。它放慢脚步，它滞后于象群，之后，侧身于一蓬树丛中，目送骨肉亲人逐一远去。站立在生离死别中，仿佛一尊巨石。石头，却流泪，它是一尊流泪的石头。

艰难跋涉，耐心寻觅，老象在一个向阳而又隐秘的山凹里，选定一片向阳而又隐秘的草坪。四周是密林，一侧是溪涧，密林、溪涧加上一尊老象，构成独特的《桃花源记》。

孤独易生回忆，老象在对于青年的回忆中穿过暮年。

一天，老象从温暖的休憩中醒来，突然看见一双儿女站定在自己面前。意外而又欣慰，老象说，你们是如何找到这里来的呢？

孩子说，跋山涉水，寻找您老人家真不容易呢。

老象说，老人应该懂得适时回避，我过得很好，就不跟你们回去而成为你们的累赘了。

孩子说，我们不是来接您回去的……

老象诧异了。它说，那是为什么呢?

嗫嚅半晌，孩子终于发话了。它们说，它们为遗产而来。

老象大骇：我一生赤条条来，赤条条去，遗产一说从何谈起?

孩子说，待您百年之后，您的一对象牙……

老象一下呆了。好半晌，它只是浑身颤抖，以泪洗面。之后，它颤巍巍站起，在溪涧里它洗净身躯，再围着草坪缓缓走了一圈。之后，它绷紧筋骨，低下头颅，猛地冲向一棵千年古树。咔嚓嚓——雷电轰击一般，一对坚实优美的象牙齐根断下。

接着，它又一次绷紧筋骨，又一次低下头颅，又一次冲向千年古树。咔嚓嚓——雷电轰击一般，老象依偎着老树，颓然倒下了。

倒下时还大睁一双疑虑不解的眼睛仰望苍天，仿佛一部古老的《天问》。

一盘棋的寂寞等待

〇宁　子

大学毕业后，犹豫了好几天，他还是告诉父亲，他想去上海或广州这样的大城市闯一闯。比起发展相对缓慢的北方这个中等城市来说，毕竟，那样的工业大都市机会要多一些。而他，也对外面的世界有太多向往，觉得生活了这些年的城市太小，已经放不下他的梦想。

父亲沉思片刻，问他，是否下定了决心？

他点点头。

那就去吧。父亲笑笑，拍拍他的肩。是父亲习惯的支持和鼓励他时的动作。

就这样他去了南方，先是上海，然后广州，最后到了深圳，离家越来越远。

大都市机会的确多一些，但竞争也更加激烈。他很刻苦，努力坚持，为事业打拼，出去三年，一次都没有回过家。

起初也常常在忙碌之余惦记父亲。他毕业那年，父亲刚好退休，母亲已于数年前因病去世，他这一走，家里只剩下父亲一个人了。最初的犹豫，也是怕自己走了之后父亲会孤单。

好在，父亲把生活安置得不错。每次他打电话回去，父亲不是在老年活动中心和老友打扑克，就是在打门球，还迷上了书法，甚至有一次还参加了市里的中老年人交谊舞大赛……总是很忙碌很热闹，有时候还没说几句，父亲就会催他挂电话，说忙着呢，要他别惦记。

如此，他也就放下心来，一心扑在事业上。三年后，终于在深圳一家不错的公司站稳了脚跟。

春节，他终于可以放松一下，回家过年了。

早早订好了机票，把要回去的消息告诉父亲。父亲并不显得特别激动和欣喜，问他回来住几天，说年后市里还有个书法比赛，不一定有时间陪他哦……

他笑，觉得退休后独自生活的父亲，日子过得比他还热闹。

除夕，他回到了家。父亲早已经把家里收拾得干净整洁，准备好丰盛饭菜。

他带了好酒，父子俩聊得尽兴。他聊他这些年打拼的经历——当然，只说成功的。而父亲，也滔滔不绝地描述他无限热闹的老年生活……聊着喝着，不觉两人都有了醉意。

吃完年夜饭，父亲显得有些疲倦，坐在电视机前打瞌睡。他让父亲去睡，父亲不肯，后来竟然在沙发上睡着了。最后，他还是坚决把父亲扶进卧室，安顿父亲睡下。

他自已坐在电视机前，觉得索然无味，干脆也回房睡觉。

他的房间一切都没有变，好像还是他离开那天的样子。以前看书的桌子上，依然摆着曾经和父亲对弈的棋盘。

他笑笑，在桌前坐下来，忽然感觉有什么不对。眼前的棋盘上，俨然是一个走了一半的棋局。桌面很清洁，但灯光下的棋盘和棋子上，都落满了灰尘。

他拿起一枚棋子，棋子的灰尘沾到手上。猛然他的心不可抑制地紧紧收缩了一下。他想起来了，这是他离开家前和父亲下过的一局棋，当时因为他悔棋，父亲不肯，结果父子俩僵在那里。后来父亲说，先不下了，等他想好了再接着下。

然后他忙着离开，那盘棋，最终也没有下完。只是他没有想到，三年后，这盘没有下完的棋竟然还好好地摆在那里，任凭上面落满灰尘，父亲也不舍得收拾。

那一刻，醍醐灌顶般，他看到了父亲生活的真相——父亲是孤单寂寞的。那些缤纷热闹，那些忙碌喧嚣，不过是为了让他在外面安心所制造的假象。父亲不是爱热闹的人，母亲走后，父亲把所有精力和情感都放在了他身上。甚至口口声声说要参加书法比赛的父亲，都不曾在家里备下笔墨……

窗外，新年的钟声已经敲响，他的眼泪一滴滴落在棋盘上。

他在那一刻做出决定，过完年他不走了，以后再也不走了。不管外面的世界多么大，他都不再离开父亲，不再离开家。对于他来说，人生的各种机遇会有很多次，可是父亲，只有一个。他要留下来好好地陪父亲下完这盘棋。

用一辈子的时间。

春天李花开

〇江　群

春天的第一场雨来得悄然无声。气温还有点低，冷雨中却带着温和的气息。

望着窗外似有若无的雨丝和树枝上亮晶晶的雨滴，我听到父亲的脚步声在客厅里烦躁地踱来踱去，踱得空气都不安起来。其实家里人都习惯了，每年春天，父亲都会有几天这样的日子。大家小心地和他保持着距离，不轻易和他说话。

父亲在等一个日子，也许是三月初，晚也不过三月中旬，但一定是风和日丽的一天。那一天，父亲会回到阔别一年的老家。父亲每年只回去一次，但也必定回去一次。父亲仿佛在恪守一个约定，我们都不知道这个约定是什么，也不知道是和谁的约定。

当父亲的脚步停在我五六步远时，忽然对我说："今年你同我一起回乡下。"他的声音很轻，虽然一反常态，却是不容置疑，并没有同我商量的意思。

家乡于我而言，模糊如同一场浓雾。父亲从不在我们面前说起家乡故事、家乡人物，仿佛家乡从来不曾存在过。

临行前，母亲偷偷地叮嘱，让我好好看看老东西年年回去到底是做什么。

下了那辆在沙石公路上爬得气喘吁吁的中巴，我认为应该到了，父亲却不声不响地往前走着。故乡的路对于父亲而言，稔熟如同自己的掌纹，对于我而言，陌生如同别人的掌纹。我不得不随着他身后亦步亦趋。一路上，丘陵，丘陵，还是丘陵。丘陵上是长不高的马尾松，间或是几块贫瘠的水田，水田里是杂草。家乡没有风景，这是我的看法。父亲一言不发，根本不理会身后的我，自顾径直走着，仿佛身后并不曾有我这个人。他越走越快，我落在远处，发现他疾走的双肩抖得有点可笑。我真的不理解，他为什么要走得那么快。

忽然父亲离开道路，向路旁的一块稻田中跑去。我的目光附在他的背上纵跃。不远的稻田中央有处高阜，端端地立着一棵大树，一树白花如云胜雪。树下还有不少人围着，或站或坐，抬头望花。流过心头的血瞬时热起来，我感到激动不已。这是我祖祖辈辈生根发芽的地方？我到树底下时，父亲正满眼泪光仰望树冠，神情激动。树下的其他人几乎同他一样目色迷离，大家陷入了一种无法言说的状态。我有种预感，这些人与父亲一样是从外地匆匆赶来的。朝拜抑或图腾？此情此景让人迷惑不已。

下意识的，我退后几步，学着众人模样，端详起这棵树来。我并不知道这是一棵什么树，但那鹅黄树叶，洋溢着的分明是喜悦；那浮在枝头叶上暖云似的花朵，让我的心羽毛一样的轻柔。春天的风从花间叶隙滤过，嘶嘶沙沙的，简直是无可比拟的天籁。

“这是李子树。”父亲不知何时站在了我的后边。停了很长时间，父亲又说：“早先这四周全是李子树。”他的双手在空中四周比画着，语气中渗透遥远的伤感。我听出在父亲眼前，那些树依然挺立在春风中。

“每年春天，花开五里。蜜蜂蝴蝶，嗡嗡嘤嘤。人走在花下，会被携着阳光的花香醺醉的。八九月间，李子成熟了。累累的果实压得枝丫垂到了泥上，人们砍杂木绑成杈状来支撑负重的果枝。在地里干活的人中午就小睡在树下，嘴馋了，头稍抬一下就咬到果子。先期熟透的李子被小鸟啄到地上，过不了几天，地头就泛出酒香来。终于到了收获的日子，这是村庄的节日。家家户户的男女老幼，笑着跳着，背着箩筐竹篮来到树边，伸手握着树枝轻轻一摇，果子哗哗啦啦珠子似的跳得满地。树梢往往还有星星点点数颗青果，那是留给飞鸟的礼物。精明勤快的男人租船贩运，上信州，下抚州。心灵手巧的女人将破损的、小颗的、青涩的晒成果脯，腊月间便成了待客的珍品。"

说到这里，父亲开始了长久的停顿。"可是那些树呢?"我的好奇无法等待。话一出口，我便有些后悔了，这样问是不是有些残忍？也许这一切可以成为一个秘密。

"砍了。"父亲的声音干涩无比，好像嚼过的甘蔗渣，没有一滴水分。良久，他又深深地叹气，"砍了……"声音拖得比秋风还要长。

事情发生在那个荒唐的年代。李子树全部成了炉下的柴火。现今存留的这一棵，当时不过是隐在荆棘中的幼苗。树没了，春天没了花香，秋天没了果子。大家发现一切都陌生了，无法适应了。人们不再有信心在这里生活下去。就像候鸟到了冬天，先是一户两户，全村人争先恐后地举家外迁，有门路的投亲靠友，没有门路的打工流浪，但谁也不愿再回到没有李树的村子了。有谁愿待在一个春天没有希望，秋天没有收获的村子呀。

"我，他们，"父亲示意与他一样聚在树下的人们，"我们心里是有愧的，多年以来，惶恐和不安与日俱增，前人留下的好东西，我们没有给你们守住。"

在外面的日子，父亲从不和别人谈起他的故乡。遇上老家人，也只是互相问问各自情况，寒暄中从不涉及村庄和李树。无论吃多少苦，经多大的风雨，大家也不回去。在外面过了十多年后，父亲听说村子的田野上冒出一株李子树，激动得连夜回了一趟村子。自此年年春天都要回去，在李花盛开的日子。这是一个和春天的约会，也是一个和美丽的约会。

明年春天，我还要和父亲一起回到这里，追忆一个已经消失的芬芳小村。

笑如花儿绽放

○赵悠燕

母亲说怀她的时候正值三年自然灾害，缺乏营养。所以她生下来的时候才四斤六两，瘦瘦的，连哭声都有气无力，像一只瘦弱的小猫。

她长得也很平常，稀淡的眉，细细的眼，小小的鼻子，小小的嘴巴，看人时一副怯生生的模样，不笑，还微微地皱着眉，好像总不太开心。母亲当着她的面老是叹息着说："唉，这孩子！"

从小学、中学到上大学，她从来就不是个引人注目、受欢迎的人。她太普通太安静了，就像长在墙角边的一棵羸弱的小草，谁会在意这样的一棵草呢？直到参加工作，她都没有谈过一次恋爱。

后来，有人给她介绍男朋友，处了半年多就结婚了。那年，她二十八岁。他比她大两岁，三十岁。

暗地里，别人都不怎么看好她的婚姻。她瘦弱，他强壮；她内向，他开朗；她习惯安静，他喜欢热闹。当然，更大的差距是，她是硕士学位，在研究部门工作。而他，是个高中毕业生，一家企业的普通职工。

他心里藏不住事，总喜欢拿听来看来的八卦新闻说给她听，边说边乐。她听了总是神情淡淡的，偶尔说一句："是吗？"

有一天他说："人家说我老婆学历高不爱笑。我今天才发现，原来你真的不喜欢笑。他们说你清高呢。"

她说："不是，是贫血。人缺铁就会导致表情严肃，不爱笑。"

“哦，是吗？”他听了若有所思。他相信她说的话，因为她懂得的知识比他多。

她的身体对补药有一种天生的排斥，一补就呕吐、腹泻。于是，他专门买来医药书，还到处找人打听补血的方子。

他不知从哪儿找来一个日本的民间偏方，取胡萝卜榨成汁，每天早晨喝两杯。他上班早，还得乘一个多小时的车才能到单位，每天天不亮他就起床。等她醒来，总看见床头放着两杯橙红的胡萝卜汁。胡萝卜汁有一股涩涩的味道，很不好喝。但想到他的一片好意，她还是闭着眼睛喝了下去。

可是，那胡萝卜汁实在太难喝了。每当睁开眼睛看到那两个盛满红色液体的杯子，她就有一种本能的恐惧和厌恶，有一天她就把它们全部倒了。他不知道，依旧一如既往地从菜场里买来一大堆胡萝卜，榨成汁给她喝。

一个月后，他说：“要不，去医院验一下血色素，看看到底管不管用。”

结果当然可想而知，她还是属于中度贫血。

看着她依然笑容寡少的脸，他说：“老婆，别担心，我们再试试其他的法子。我一定会把你治好的。”

那天晚上她醒来，见一向早睡的他不在身边，书房里亮着灯。她走进去，见他伏在桌前正专注地从借来的书上抄着补血的知识。纸上，密密麻麻写满了他粗大的字。她心里一热，这个男人，原来，真的对自己很好啊。

早上她起床，见桌上压着一张纸条，上面写着：“老婆，锅里有糯米红枣粥，你包里有葡萄干和杏子干。补血的，别忘了吃。”

他怕她吃厌，想着法子给她换花样。桂圆莲子汤、羊骨粥、枸杞红枣煲鸡蛋。而且，每天的菜里，总有一道鲫鱼汤，他说这最补血。

那天，她闲来无事，翻开他抄的鲤鱼补血汤制作方法。

桶里放着一条鲤鱼，从不下厨的她心血来潮，照着菜谱做了起来。她看着表，等她手忙脚乱地做完时，竟然花了整整三个小时。

她愣在那里，想到他每天花那么多时间为她烧这道菜，而她却心安理得地享受，她的眼睛湿润了。

那一天饭后，她握住他的手，微笑着说："我今天到医院去过，我的血色素已经有11克了。以后，你就别再这么辛苦了。"

他说："怪不得呢，老婆，近来我发现你比以前笑得多了。"

她想，想不到当初自己无意间的一句自嘲，竟能试出他对她的一份真心。她不笑，是因为在兄弟姐妹中，她是最不受宠的一个。而且，在成长的环境中，她从来就没有享受过被爱和关心的滋味。28年来，在他这儿，她才真正体验到了被牵挂被重视的甜蜜。

她看着他，又笑了，如结了多年的蓓蕾突然开放。那笑，如花般美丽。

家　书

○张先丰

边雷的父亲老边，早先在生产队里当过队长，是个节俭惯了的人。现在上了岁数，忽然脑子开了窍，懂得享受生活了，经常打电话向边雷要钱：

“给我买部手机吧，和你联系起来方便。”

“我想买个按摩椅，前村的孟幺鸡都买了。”

“给我买台电脑吧，我也想赶个时髦，学年轻人上网。”

“镇上在湖西开发了一个小区，环境不错，都卖疯了，我也要买一套。”

诸如此类的电话很多很多，搞得边雷极不耐烦。一想到母亲去世早，父亲独自把自己拉扯大不容易，就忍了，安排秘书往父亲的卡上打钱，尽量满足父亲的心愿。

但是有一次，边雷忍不住了。父亲在电话中是这么讲的：“速速汇款六万元，我欠了孟幺鸡的赌债，已经被扣起来了。”边雷丢下电话，气得大骂：“我怎么摊上这么一个破爹！”冷静下来一想，父亲孤身一人，家里连个说话的人也没有，又没别的娱乐，不摸牌干啥去？输点儿钱不算啥，权当花钱买个乐子。边雷思想一通，不再埋怨父亲，赶紧给父亲打款。

突然有一天，边雷的公司出了问题，被法院查封了。惨淡经营十多年，弹指间，灰飞烟灭，曾经风光无比的边雷伤心欲绝。这时的父亲，也不再打来要钱的电话。

边雷捏着破产后所剩无几的钞票，又开始了艰难的二次创业。缺乏启动资金，边雷举步维艰。就在这时，祸不单行，父亲又病故了，悲愁交集的边雷赶回阔别已久的故乡。

还是从前的那个穷家破院。边雷想，父亲要了那么多钱，一定是都扔给麻将桌了，不由生出一层怨艾。

打理完老父的丧事，姐姐交给边雷一个小铁盒，说是父亲临终前的安排。边雷打开小铁盒，有一封信，是父亲笨拙的笔迹：

“我儿边雷，你看到这封信时，我可能已经不在了。我早就料定你办的企业迟早要垮，原因有三：其一，你当初成功得太容易，对商场的艰险估计不足；其二，你滥交朋友，不思进取；其三，你不该和高媛离婚，高媛待你那么好，你不该忘本，忘本的人，灾祸也必随之而来。我早就想和你谈谈，苦于找不到机会。你总是说忙，许多年不回家一趟，打电话呢，你又总嫌我啰唆。思来想去，没有办法，我只有出此下策，找种种借口向你要钱，为的是给你预备一条后路。所要的钱，我给了高媛母子一部分，余下的，都用你的名字存了起来。我只能做到这些了，我的孩子，做人不能忘本，不牢记这一点儿，你还会重蹈覆辙的。三思，孩子……”

铁盒里，赫然躺着一本存折。

喜鹊的事

〇吴克敬

北京有户任姓家庭，院子里长着棵老枣树，春里来了一双喜鹊，衔来柴草，在枣树上筑起一个巢。初夏日子，巢里多出两只小喜鹊，唧唧喳喳叫得倒也热闹。任姓主人心里喜悦，在院子撒了谷米，有意饲养喜鹊。有一天，任姓主人外出，他养的那只宠物猫，不晓利害地跑到院子来，逮住了一只小喜鹊，三口两嘴之后，只剩羽毛。任姓主人回家来，对宠物猫自是一番责处。

不依不饶的是两只老喜鹊，站在枣树枝上，愤怒地吵叫着，逮住机会，就是一个俯冲，刀子似的尖嘴，准确地刺在宠物猫的身上。也许是知道了自己的错，也许是经受不住强烈的攻击，一向很会卖乖的宠物猫，蜷缩在墙的角落，呜咽着，浑身抖得如同筛糠。

此后接连几天，宠物猫再没有走出屋门，待到渐渐地听不见喜鹊的啼鸣时，才缩头缩脑地溜出门来，依然惊魂未定的样子，走路也是贴着墙根。

无独有偶，几乎在同一时间，古城郊区的长安柳林村，有一只黑背狼狗，也把一只掉下巢的小喜鹊吃掉了。老喜鹊不容幼子命丧狗嘴，从此结下了冤仇。黑背狼狗不敢外出，露头即遭老喜鹊的拼命攻击。攻击点不偏不倚，都在狗头上。

消息发在西安的《华商报》上，记者记述现场观感，对那只狂狷凶猛的黑背狼狗这样描述：往日两只天不怕地不怕的眼睛，看着轻灵翻飞的喜鹊，竟然满是恐怖之色，倒退着，躲避着。

上述两起事件，是我在报纸上阅读的，下面要说的，却是我亲眼所见。

坐车去古城西南的周至县，快要到达时，车速慢了下来，而前面一长串的车辆，首尾相接，谁也走不快。我以为出了交通事故，但很快就又否定了，因为车速虽慢，却一直不停地走着。大约慢速走了 7 分钟的光景，我看见车队走出弧形的那个拐弯处，有一只喜鹊的尸体，横陈在路的中间，另有一只喜鹊陪伴着，一边哀鸣，一边用喙为死喜鹊梳理着羽毛。其情其景，令见到的人，多数为之黯然神伤又肃然起敬。

汽车匀速缓慢地移动着，没有鸣喇叭，也没有停下来，大家向这两只喜鹊行着注目礼。此前，我只听说过杜鹃啼血、鸳鸯殉情等鸟类的爱情故事，原来喜鹊一样忠诚于自己的伴侣。

回　家

○谢燎原

她拿出了自己最喜爱的青花瓷汤碗。这个碗也是丈夫生前最喜爱的一个碗，碗边是一圈荷叶和金鱼，它们永远欢快地附着在碗大的池塘边，听凭使用碗的主人悉心地使用或仔细地把玩。此时她将一群粉色鲜嫩的基围虾倒进碗里，预备做醉虾。这群欢快的金鱼立马就与碗里的基围虾相映成趣了。她像欣赏自己的作品一样欣赏眼前的一切，甚至不忍心往碗里倒酒。这时，她的宠物犬小寒在她的裤脚上蹭了两下，她才意识到这大半天自己只顾忙乎做菜了，冷落了与她朝夕相伴的小寒。

她在围裙上擦了擦手，蹲下身子用手捋着小寒身上雪白的毛对它说："小寒，你不要怪我，我今天忙烧菜忙烧饭忙得忘记招呼你了。我已经告诉过你了，你知道吗？你大寒哥哥和他的女朋友今天中午就要回家了。大寒今天把他的女朋友带回家了，说是让我瞧瞧。人家可是大城市来的。大寒在电话里说她可好了，照片我都瞧见几回了，是蛮漂亮的。只要大寒可心，我就高兴。我一个人苦了这么多年，就盼着给大寒成个家，你懂吗？"

小寒似懂非懂地摇着尾巴，心满意足地走开了。

此刻她往碗里面倒上酒。她做菜的功夫在亲戚朋友里是出了名的，在外地工作的独生子大寒也早就向女朋友吹过她的烹调技术。今天她要把自己烧菜的看家本领全部施展出来，迎接准媳妇和与她多年相依为命的儿子。为此她一周前就开始构思菜谱，三天前就开始在菜场和超市选菜，晚上睡在床上她猜想着揣度着儿子大寒的女朋友爱吃什么，口味的咸淡以及荤素的偏好。

近几天，她激动得甚至失眠了，像是一个害怕又盼望知道自己考试分数的小学生。睡不着的时候，她一遍遍地否定自己想出的菜的搭配，又一次次地重新组合，在脑子里不断地想像着它们的色香味。有两天她夜里睡不着的时候就把灯打开，睡得正香的小寒发现主人开灯，竟也起身来到她的床边。她就不厌其烦地把自己想说的话对它毫不保留地和盘托出。小寒认真听着，不住地摆着尾巴表示着它听进去了。她对它说："小寒，你困了吗?"小寒欢快地叫两声说明自己愿意奉陪。她笑着，用手抚摩着小寒说："你小声点儿，半夜三更人家还在睡觉呢。"

她叹了口气又说："小寒，你大寒哥哥回来还是要走的，这个家就还是咱俩做伴，你可不要嫌我唆啊。"

赤橙黄绿色香味美，一桌菜已经烧好了，儿子他们马上就要回家了。她幸福地在卫生间里梳洗，心情如同自己二十多年前第一次见公婆一样，她感觉到这种幸福里又搀杂着一种企盼，企盼里又有一丝忐忑。小寒在她的脚边仰脸看着她，理解同情附和着她的一切。她弯下腰，抱起了小寒对它说："时间差不多了，你出门去看看大寒哥哥他们到了没有。"小寒听懂了她的话，撒着欢跑了出去。

她在沙发上坐着等他们。

她听见了他们上楼的脚步声。

她听见小寒欢快的叫声。

她听见了一个女孩的有些夸张的尖叫声。

她又听见小寒的令人惊诧的惨叫声。

她终于听见儿子大寒的说话声："妈，我们到了。这是谁家的狗把小玉吓了一跳。"

小寒低声呜咽着走了进来，一条腿一瘸一瘸的，血都出来了。

她迎了上去，弯腰抱起小寒，眼睛湿润了。

最后的父爱

〇胥雅月

一个春暖花开的季节，病房里住进了一位患脑瘤的男人，男人的精神状态很好，完全不像别的病人遭此一击，万念俱灰。这个男人原本是一家公司的大老板，有美丽的妻子和漂亮的女儿，三口之家其乐融融。可就在女儿9岁那年，妻子出车祸身亡，女儿自此得了自闭症。男人为了给女儿治病，花了很多钱，甚至变卖了公司。几年过去了，女儿的自闭症治好了，可原来的乖乖女却变成了行为乖张的小魔女。在这期间，男人一直没再娶妻，不是没有条件，只是为了他的宝贝女儿，他一次又一次放弃了机会。

男人得知自己患有脑瘤后，沉思了几天才平静地告诉女儿。任性乖戾的女孩似乎在一夜之间长大了。在父亲住院化疗期间，小魔女天天放学后直奔医院。父女亲情交融的情景，让人不愿相信这是一对即将面对生死离别的父女。

进入夏天，男人的病情一天天恶化，原本健壮的身体变得瘦骨嶙峋。来医院的，除了小魔女，别无他人。

一天上午，父亲突然把女儿叫到身边，一边艰难地平稳着呼吸，一边说："你听好了，一定要记住我下面对你说的话，这是一个父亲的遗言。"接着男人断断续续，像一个牵挂着不肯放心的母亲："乳房发育是女孩子进入青春期的重要一步。你的乳房现在还未发育起来，但它迟早要成熟的，因此，你要学会保护自己的乳房。我希望你知道，乳房发育的时候会有疼痛现象。你不要害怕。但你也要了解，乳房是一个脆弱敏感的部位，要尽可能避免碰撞。去公共场所时，如果人多拥挤，最好抬起你的双臂，保护住胸部，要像爱护你的脸蛋儿一样爱护它，让它变得越来越美丽。”

女儿的脸红红的，即使这是父亲的遗言，即使父亲尽力把自己装扮成母亲，她还是不习惯这样的话题。但她没有移开自己的目光，看着父亲深陷的眼窝，小声地问：“我该怎么做呢？”

父亲喘了一口气，用十分内行的口气说：“你要试着戴胸罩！”

或许是说话太费力了，父亲停顿了许久，才向女儿说起第二件事。

“我要交代你第二件事，也是关于身体的。我们的身体，它是属于我们自己的，有一些隐秘部位，只有在身体不舒服的情况下，在父母、老师、好朋友或护士的陪同下，在医生为你检查身体时，才能观察和接触它们，其他任何人都不可以观察和接触。你明白吗？”

“明白。”女儿的眼圈儿有些发红，乖乖地点头，说，“爸，我会记住的。”

“如果有人侵犯你……”父亲并不放心，叮嘱道，“不管对方是你的老师、亲朋好友，还是你尊敬的人，你都不要害怕，一定要大声反抗。如果发生这样的事情，一分钟也不要等，立刻告诉警察！”

女儿乖乖地点了点头。

“我还要你答应我，在你18岁之前不谈恋爱；在你20岁之前，不进酒吧、舞厅、通宵影院。永远不要看色情书刊和光碟，不要进色情网站，也不要相信轻易对你表示热情的人。还有，在你这一生中，永远不要丧失勇气和信心……”

女儿伏在父亲的怀中，失声痛哭起来。在说完这些话的那个夜里，她的父亲平静地走了。后来，小魔女健康、自信、快乐地长大成人，并且把父亲最后的这些话讲给人们听。

我多想回到家乡

○杨崇德

去市局报到前，我回了一趟老家。

是父亲两次打电话要我回的，而且反复交代我农历三月十八回去。父亲打电话很不容易，要走五里多山路。我老家在陵阳县一个极为偏僻的乡村。从县到乡要坐三个半小时车，从乡到村的公路是上世纪七十年代修的，当时为了运木材，后来树木砍完了，公路也就废了，连自行车都没法骑。从村里到老家则要翻过两座高山，山道弯弯曲曲，路面坑坑洼洼。

我满头大汗爬到老家村门口那棵歇凉树下时，对面山林里有人在喊：松崽哥！快回去呀，屋里人都等着你开饭呢！我看清了对面山林里的喊话人是我三叔的大儿子满元。满元手里搂着一把柴，正朝我笑。另一个山头儿有人接话了，他在喊：松崽哥回来了！我辨不清另一个喊话人是谁。不过，我倒听到院子里传来了噼里啪啦的爆竹声，像过年一样。

父亲早已站在家门口那条田埂路上。见我从这头儿走去，他咧着嘴笑，不时用他的袖口擦眼睛。父亲一只眼睛不好使，经常性流泪，但我知道这是父亲高兴时的常用动作。1984 年的夏天，我手捧一纸大专录取通知书满头大汗跑到菜园里告诉父亲时，父亲扔掉手里的锄头，站在那里使劲用袖口擦眼睛。我敢肯定，父亲当时一定真的流了眼泪。父亲一字不识，儿子却考上了省城一所大专，成了这个山村第一个吃国家粮的人。我喊了声爹，父亲笑嘻嘻地应着。父亲走过来夺了我手里的包，然后慢腾腾地跟在我后头。又有孩子在我家门口点炮了，噼里啪啦的，烟雾缭绕，香味扑鼻。

中堂里聚满了村里的许多老人，个个都呼着我的小名。几个流鼻涕的娃儿围在我身边，用异样的目光打量着我。三叔端着两碗菜从厨房走出来，见了我，哼哧哼哧地笑，说，松崽，又高升了噢！我回答说，哪里啊，只是工作变动而已。母亲已经为我端来一盆洗脸水，毛巾还是崭新的。母亲说，松崽，洗把脸吧，看你走得满头大汗！

父亲为我工作调动张罗了这场宴席。就像十二年前我上省城读大专一样。过年时，我曾向父亲透露过我的工作有可能调动，想不到父亲却把它当成天大的喜事。

三宝爷是村里唯一识过字的老人，说话分量最重。父亲把我安排和他坐一桌。已经就座的几个老人都在笑眯眯地望着我。我掏出准备好的长沙牌香烟，开始向众人散。三宝爷果断接过烟，将烟夹在耳根上，三宝爷用高瞻远瞩的口气强调说，人有本事，不怕上不了！

同桌的银娃爷在接过我烟的同时，也接过了三宝爷的话，他肯定地说，就是！就是！松崽毕业那年，把他分到铜昌乡，两年时间就调到县里了。

父亲掌握着宴席的进度。父亲四处喊瓦罐。父亲说，瓦罐，你就不要挑水了，你马上去喊冲良和大亮。

冲良是父亲的对头。冲良的水田和我家水田打上下，几乎年年要和父亲闹摩擦。我在省城读书那年，冲良和我父亲干了一架，父亲被他按倒在水田里，喝了不少泥水。放假回家，我听说这事，想找冲良论理，父亲拉着我说，你是个读书人，怎么和他一般见识呢？父亲还教育我说，这是家里的事，外面的人就不要掺和了。父亲一再叮嘱我，今后不管见到村里哪个人，都得称呼，要有读书人的样。

父亲要瓦罐去喊冲良叔和大亮叔来吃饭，瓦罐有些犹豫。我说，爹，还是我去吧。父亲点了点头。我把正在菜园里挖地的冲良叔喊来了，还喊来了被父亲认定是毒死我家一笼子鸡的大亮叔。

宴席谈不上准时开席，因为其他几桌早已动了手。特别是菊花婶那桌，孩子较多，一个菜碗放下去，眨巴眼，就只剩辣椒了。我坐的是正席，都是些有辈分有地位的人。我不会喝酒，但父亲还是在我耳根旁暗示着我必须喝点酒。

菜很丰盛。秋桃娘娘点名要冲良叔给她夹两块扣肉。我下基层时，经常碰到这道菜，总吃不下，太腻人了。秋桃娘娘吃得却很是让人羡慕，嘴唇一抿一抿，像个婴儿。

这个时候，旁边一桌上的一个娃儿打烂了一只碗，确切地说，是秋桃娘娘的小满孙，小满孙被他的母亲菊花婶狠狠地扇了一掌，小满孙哇哇大叫。父亲走过去责怪说，打他做什么？不就是一只碗嘛。

在秋桃娘娘的小满孙变哭泣为抽泣时，三宝爷说，松崽，这次你往市里调，具体担任什么职务呢？我说，算不上什么职务，在市局的工会工作。秋桃娘娘问，工会是不是权力更大了？大亮叔像是专门搞工会的，非常果断地说，那当然！你想想，工会，工会，肯定是专门负责开会，当官的不开会，这哪像当什么官？好多人都对这个平日里不怎么说话而且上过高中的大亮叔刮目相看。

我苦笑着说，来吧，别说了，还是喝酒！

很多人把酒喝得吱吱响。秋桃娘娘停了手中的筷子，说，假如是我，我更愿意留在县里，在县里当局长，所有人都归我管。三宝爷严肃地批评道，我说女人就是头发长见识短！老古套里就有人说，人往高处走，水往低处流！哼！

大家有点恍然大悟。

我继续转移着话题，说，喝酒，喝酒，大家多喝点！

在局里我基本上不端杯，那天我却喝了不少。很多人饱嗝阵阵抱拳向我辞行时，我有点云里雾里。

娘劝我休息。我躺在娘为我铺好的厚厚棉被上，怎么也睡不着。中堂里不停地传出大亮叔和冲良叔一帮人高亢的猜拳声。

他们哪里知道，这次我往市局调，说来好听，其实是在架空我。我在县局当了六年副局长，市局早就向我交过底，先辅助辅助陈局长，等他一到点，我就接他。可陈局长还没到点，市局就换人了，来了个异地交流的，还带来几个人，其中一个就放在我们局当副局长。平日里，那家伙与我称兄道弟，陈局长一到点，他就做手脚，疏通上面，将我弄到市局搞工会，这不是明摆着架空我吗？

明天，我又要离开家乡。可是，我多想回到家乡。

鞋中鞋

〇张格娟

父亲刚一进门，就急忙脱掉皮鞋，旁若无人地抠起了脚心，嘴里还不住地大声说："痒，真痒啊！"家里人都清楚，他的脚气病又犯了。

坐在沙发一旁的外婆发话了，她说，我有一个方子，保证药到病除。

外婆从里屋拿出一双麻鞋交给了父亲说，试试吧。父亲穿上那双笨重的麻鞋，走了几圈说："感觉还真是不一样啊！"

麻鞋，在我们老家这一带，也就是草鞋的通称。顾名思义，它是用丝丝缕缕的麻丝拧成绳子，再编织成的。

在我幼时的记忆中，父亲从来不爱穿麻鞋。

这起源于他苦痛的读书时代。那时候，爷爷去世早，家里的日子捉襟见肘。后来，奶奶不幸也走了。留下了父亲姐弟五个相依为命。最大的十三岁，父亲那时候只有五岁。

北方的冬天，是父亲记忆最深刻的季节了。那时候，一年四季穿着麻鞋。冬天，赤着双脚穿麻鞋，冻得两只脚像卤猪蹄，红红肿肿的。一到晚上，睡在炕头，奇痒无比。脚后跟上的裂纹，像一张张鱼嘴，时不时地还渗出血珠子。疼，得忍着，咬紧牙关忍着。

慢慢地，父亲也穿出了诀窍，将麦草秸秆揉软，用针线缝起来，裹在脚上，再穿麻鞋就舒服多了。他们把这叫鞋中鞋，也叫套鞋。

父亲幼小的心，就暗暗发誓，将来等自己有了钱，就穿最好的鞋，像城里人一样，穿上皮鞋，鞋底钉上掌，走路咯噔咯噔响，好威风。父亲讲他的故事时，我看到他眼睛里蓄满了泪水。

皮鞋成了父亲最初奋斗的目标。

当年，大学毕业后的父亲，入赘到我外婆家。我的外婆，做了好多麻鞋和布鞋，但父亲却一双也没有穿过。

后来，父亲如愿以偿地当上了县人事局的局长。当上了局长的父亲，便不再有机会穿麻鞋了。他每天穿着皮鞋出入各种大会场小会场，说这是工作需要。

记不清从哪一天起，家里的客人突然间多了起来，认识的和不认识的叔叔阿姨们，隔三差五地提着大包小包出现在我们家的客厅里。偶然间我家门口也会挂一些包裹。不知怎么传出去的，他们知道了父亲喜欢穿名牌皮鞋。有人就公然提着鞋来我家，那些鞋子，有一部分是漂洋过海从国外捎回来的。

那时候，只有四岁的我，总会从皮鞋里翻出厚厚的一沓钱，拿给外婆看，坐在灯下纳鞋底的外婆，长长地叹一口气说："妞妞，将钱放回原处吧！看来，你爸爸得穿麻鞋了。"我总歪着脑袋，奇怪地问："外婆，为什么呀?"

外婆说，皮鞋不透气，穿着闷脚。麻鞋穿着舒服，心里踏实。

还真应了外婆的话，一到夏天，父亲的脚上就出现许多大大小小的水疱，还溃烂，医生说那是脚气。这可恶的脚气让父亲受了不少罪。后来，那些锃亮的皮鞋连同包裹被请出了我们家。父亲说，这些鞋不可怕，可怕的是鞋中鞋呀，分明是一个个圈套嘛！外婆笑逐颜开地对我说："妞妞啊，外婆没看错你爸爸。"

外婆就用她干瘦的双手，纳了厚厚的布鞋底，做了一双麻鞋给父亲穿。说实在的，那双鞋丑极了，鞋底笨笨拙拙的，加之，外婆眼神不好，针脚也歪歪扭扭的。和专卖店里那些精巧的皮凉鞋相比，真是一个天鹅，一个是十足的丑小鸭了。

被脚气折磨得痛苦不堪的父亲，这次破例穿起了外婆做的麻鞋。不过，父亲穿麻鞋很讲究，他穿了一双袜子，成了机关大院一道亮丽的风景。父亲常说，这又让他想起了自己童年时穿的那些鞋中鞋。

说来也怪，从那以后，父亲的脚气奇迹般地好了。每到夏天，外婆都会给父亲做好几双麻鞋。他们局机关的男同志也都穿起了麻鞋。父亲还引领了一阵麻鞋的时尚潮。

有一年夏天，父亲单位到外省去旅游，在那个南方城市里，父亲和同事们去逛大商场，突然一个女营业员惊奇地高喊："快看，那个人穿着红军过草地的草鞋。"这一句话，引来了围观的人，一时间，父亲被好多人团团围住，评头论足。你是不是当年打过仗？你是不是有红军情结啊？一个记者穷追不舍地连连发问。父亲最后挤出了人群，才脱身了。

第二天，该市日报的时尚版，刊登了父亲的麻鞋和他的大幅照片。题目是《北方人穿草鞋逛南国大商场》。因为这一报道，父亲走到哪里，都有人围观。父亲一气之下，扔掉了麻鞋，买了一双皮凉鞋穿在了脚上。用他的话说，我跑到南方去看风景，没想到让人把我当风景看了啊。

回家后，父亲又穿起了麻鞋，局里的同事都暗地里笑称他"草鞋局长"，父亲听了也不恼，他说，这鞋子舒服不舒服，只有脚知道啊。"草鞋局长"更具亲和力，更平实，不是吗？

外婆临终前对父亲说："儿呀，麻鞋虽丑，但那是娘纳的千层底，结实啊！人活着，心正脚跟才稳。不论什么时候都要管住自己的脚，不能伸太长了。鞋子小了，脚会夹伤；鞋子大了，脚也会受伤。更不要穿鞋中鞋啊！"

父亲流着泪点了点头，说："娘的教诲儿记牢了，儿一定做一个堂堂正正的人。"

苏尔丹和狼

○曹保明

嫩江的南岸是镇赉，北岸是黑龙江省的泰来，在嫩江科尔沁草原，一切时序都是跟着江和泡来运转，特别是冬季的冬捕，那是这一带的所有人家都在算计的日子，这是因为勤劳的人们只能靠着自然的时日来安顿自己的生活。

有一年，科尔沁草原上的查干淖尔又快到冬捕了，泰来县麻绳铺掌柜苏尔丹的铺子里十几名绳匠都被人请走了，这天夜里，突然又有人敲门。

已经睡下的苏尔丹问："谁呀?"

"掌柜的，俺是从查干淖尔来的。"

"啊呀！这么老远……"苏掌柜赶紧下地开门。一看是一个人骑着一匹马，牵着一匹马。

原来，这是查干淖尔网户达吴连甫家的一个小股子，奉命前来请苏掌柜去给打麻绳。苏掌柜有些不信，说："你们东家咋才想起下手哇?"

小股子说："别提了。今年一开始，东家本来打算歇一季，可是他有个小舅子从海南回来，据说有一肚子打鱼经验，三说两说，他又干了，非让俺请到你不可。这不，马都备好了。"

恭敬不如从命。人家从吉林到黑龙江来请人，不去太不给面子。当下苏尔丹把老婆曹桂芳喊起来，布置她看好门市，于是背上打绳工具和查干淖尔来的小股子就上路了。

从镇赉到查干淖尔路程本来不太远，也就二百多里地，可是，他俩一过镇赉就走“麻达”（迷路）了，小股子说往左，苏尔丹说往右，两人争执不下，又没有一个过路人可打听。

天渐渐阴起来，飘开了小清雪。北风一刮，刮鼻子刮脸的嘎嘎冷。苏掌柜毕竟比小股子有经验，他瞅瞅前边有个土岗子，隐隐约约有几棵树，也不知是不是人家。于是就对小股子说：“你在这儿等着我，千万别动。”

苏尔丹让小股子牵着马，看守着工具，自个儿找了根树棍子，就拄着往前面的土岗子走去了。俗话说，平原地带望山跑死马呀，那土岗子看上去近，走起来足足有二里多地。当他登上去一看，哪里有什么村落，原来是一片乱树棵子，雪末子和荒草远远地铺在那里，四野荒芜一片，没有人家的样子……他准备返回找小股子的时候，突然发现身后十几米远处坐着一个灰黑色的家伙。舌头伸在嘴外，两耳耸立着，头和身上的长毛在风中飘动着，两眼发出绿荧荧的光亮，一动不动地端详着苏尔丹……

狼，这是北方荒原上的一只恶狼。苏尔丹知道，北方严冬的狼十分凶狠，就是在大白天，它们甚至都敢大摇大摆地走进人家的院子，去鸡窝里抓小鸡吃。眼下是荒无人迹的荒甸子，它一定更凶恶。苏尔丹突然想起小时爹曾经告诉他，狼最怕“土堆”，它再聪明，也不如人啊。但是，他看看脚下，是厚厚的大雪，于是有了主意。他试探着往后退了两步，狼果然往前走了两步；他停下，它也停下……

于是，苏尔丹明白了，如果不和这恶狼斗智，今晚他是逃不掉了。再说，要退，也得朝着小股子的方向，二里多地远，两个人可以对付它呀。想到这里，他迅速蹲下去，用双手麻利地在雪地上堆起一个雪堆，然后急忙扭转身子，往来的方向跑去，鞋跑掉了也不顾了。

看着苏尔丹移动了，狼立刻站了起来开追。可是来到苏尔丹堆的雪堆前，它犹豫了，不敢贸然越过。恶狼见苏尔丹又要往远去，就急忙用两只前爪扒着雪堆，当它发现里面什么也没有时，这才跨过雪堆向苏尔丹猛追过来；可是，就在这时苏尔丹又埋好了另一个雪堆。就这样，狼扒开一个，苏尔丹又修一个，每次走不了二三十米，狼就立刻追上来……

苏尔丹也记不清自己堆了多少个雪堆，手和脚已没有一丁点知觉，他还是机械地埋着雪堆……渐渐地，恶狼离他越来越近。而且，恶狼仿佛已经知道雪堆里并没有什么，扒得也越来越快。又翻过一道土坡，苏尔丹突然听到了查干淖尔小股子喊他的声音。他乐了，可找到小股子了。可是他已经吓得发不出声音，只是拼命地扒雪，堆雪堆。

小股子又喊："我在这儿呢！"已经离着小股子和马只有五六十米远了，小股子才看清是恶狼在撵麻绳铺掌柜的，于是，他急忙抄起一根树棍去追打，狼这才远远地逃掉了。小股子走上去扶大叔，谁知一摸，苏尔丹的双手掌从腕处齐刷刷地冻掉下来，苏尔丹却一点也不知痛，又说："快扶俺起来……"小股子上去一扶，苏尔丹的双脚也从脚脖处齐刷刷地掉了下来。从此，麻绳铺掌柜成了秃手瘸子。

水牛王

○海　华

“哐当”一声巨响，打破了山村之夜的寂静，正准备关门睡觉的德叔打了个愣怔，急忙叫上旺儿，拿起手电筒跑到拴着水牛王的柴草间一看，不禁大惊失色：柴草间的两扇大门竟横躺在地，水牛王已不知去向。

水牛王身高1.8米，体长近3米，身强力健，全身毛色淡棕带黑。那年农历八月初一，镇里举行首届斗牛节，只听铁炮一响，德叔家那头性情温驯的大水牛牯，瞬间变得勇猛异常。经过数小时的鏖战，一路过关斩将，将参赛的数十头水牛一一拿下，一举夺得桂冠。从此，“水牛王”的美誉便在全镇传开了。后来，水牛王又连续在第二、三届斗牛节上拔得头筹，取得了三连冠。

水牛王既是赛场上英勇善斗的“常胜将军”，又是干活儿的好手：犁田、耙地、拉车、戽水等等，样样精通，而且从不偷懒。到了农忙时节，水牛王更是熟门熟路地跟随德叔起早摸黑，耕种完自家的田地，又为一些劳力少的农户帮耕。德叔常疼爱有加地对人说，咱家的水牛王可谓劳苦功高，就差不会与人通话。

一晃过了十多个春秋，水牛王已进入古稀之年，渐渐地退出了赛场下岗了。不久前，德叔最终还是拗不过老伴和亲友们的劝说，又买回一头小水牛牯。傍晚，当上五年级的旺儿，欢快地哼着“水牛儿、水牛儿，先出犄角后出头儿……”（《孺子歌图》），骑着水牛王，赶着小水牛牯刚回到家，德叔又经不起县里来的一个屠夫的软磨硬缠，硬着头皮陪着屠夫围着水牛王转了两圈。屠夫一迭连声：啧啧啧，真不愧是水牛王，虽然一把年纪了，却肌腱发达，看来肉也不会少，过两天我再带钱过来牵它吧！

屠夫的话一说完，水牛王竟昂起头，扬了扬那对犄角，两眼冷对屠夫，鼻子“哧”的一声闷响，吓得屠夫连连后退……

看着眼前这幅景象，从回忆中缓过神来的德叔心想：这可是水牛王从未有过的举动，一定是水牛王傍晚听懂了那个屠夫的话，另谋活路去了。

“老爸，快把水牛王找回来吧。”站在身后的旺儿大声说。德叔立马附和道：“对对对，咱们一定要把水牛王找回家！”

于是，父子俩打着手电筒，连夜跑遍了村头巷尾，仍不见水牛王的踪迹。第二天一大早，父子俩又找遍了村外的田头地尾，还是毫无结果。午饭后，他们又分头在村后的荒山野岭间仔细搜寻着。

当夕阳轻吻着远处的山峦，旺儿终于在后山一处乱葬岗旁，找到了滚得一身泥巴的水牛王。它一见旺儿，“哞”地沉声一叫，目光呆滞，神色沮丧。旺儿心中一热，遂上前轻抚它的犄角，轻拍它的肩膀，轻唤它的名字，劝它回家。可水牛王伸出舌头舔了舔旺儿的小手，仍迟疑着不肯迈步。

正踌躇间，旺儿忽觉身后“呼呼”有声，转头一看，不好！只见几步开外的草丛里，蹿出一条眼镜王蛇来，此刻正高昂着扁平的头颅，一上一下，一摇一晃，虎视眈眈地盯着自己。

几乎在同一时刻，水牛王也发现了那条毒蛇，只见它沉着地跨前一步，顺势轻轻一推，把旺儿挡在身后。紧接着，犄角向前，低头怒视着毒蛇，时而用右前蹄猛力刨地，时而“呼哧呼哧”地喷着怒气，瞧那架势，酷似当年赛场上般牛气冲天。

一牛一蛇，就这样对峙着、僵持着……

约莫十分钟后，兴许是觉着从眼前这个凛然不可侵犯的庞然大物身上捞不着便宜，那毒蛇渐渐地胆怯了，退缩了。

少顷，毒蛇慢慢地消失在乱草丛中。水牛王“哞”地长舒了一口气。旺儿这时突然有些哽咽：“水牛王，老爸已说了，咱们不听屠夫的。赶紧回家吧。”

这时，夜幕降临，水牛王又伸出舌头舔了舔旺儿的小手，用颈部轻抚着旺儿的脸庞，犹豫了片刻，突然一个急转身，又消失在如墨的夜色中……

犁铧匆匆

○朱胜喜

漫长的冬季终于远去，草大胆地探出了头，花也喜滋滋地张开了五颜六色的笑脸。

男人背着犁铧赶着牛心思重重地来到田间，为即将开始的春耕备战。

男人在原地站了很长一段时间后，方才将犁铧套在牛身上。“啪”，一声清脆的鞭声将牛驱动起来。

男人赶着牛犁了几圈田后，一条拇指般粗的鳝鱼随着翻卷的泥块钻了出来。男人见鳝鱼在泥块里慌张逃窜，笑着骂道：“你这家伙的命真大，没把你给犁死。”男人骂着，赶着牛继续往前面犁。刚走几步，男人突然想起自已的女人身子虚，贫血，鳝鱼汤不正是补血的好东西吗?

男人喝住牛，转身去找那条鳝鱼。还好，那条鳝鱼还没逃远。男人松了口气，用手指卡住鳝鱼，又从田埂上拔起一根又长又硬的茅草，利索地用茅草穿起鳝鱼嘴，再把茅草系在自已的裤腰带上，继续犁起田来。

男人一边犁田，一边直后悔自已早上的冲动。

早上，男人刚一吃完早饭，女人就说：“该犁田了。”男人也说：“是该犁田了。”

女人见男人要去犁田，很高兴地收拾起碗筷来。这时，男人对女人说：“给我一块五毛钱买包香烟抽。”女人一听，就劝男人说：“少抽点，抽烟对身体没好处。”男人沉着脸说：“我一抽烟你就唠叨，难道让我戒了不成?”女人说:“要是戒了倒好了。”男人烦了,吼道:“你要我去犁田,又不给烟钱,你想整死我。”女人的气也上来了,还击道:“你爱犁不犁,你不犁田就不能种庄稼,不种庄稼就没有饭吃。我可以回娘家吃。”女人这么一说,燃起了男人的冲天火苗,他大声吼道:“那你现在就给我滚!”女人也吼道:“你凭什么让我滚?”男人用最高的音量说:“你滚不滚?”“不滚。”女人也不示弱。

啪!火冒三丈的男人一耳光扇在了女人的脸上。其实,男人那一耳光没用多大劲。

女人委屈地哭了,哭着哭着就真要回娘家,临走时还对男人狠狠地说:“你接我我也不回。”

男人见女人走了,也扇了自己一耳光。他觉得自己太不像个男人,一边默默地洗碗筷,一边用牙直咬自己的嘴唇。

还得犁田去。男人觉得牛绳短了一截,不好犁田,就拉开抽屉准备找一截绳子接在牛绳上,可是一条香烟先进入了他的眼帘。

原来,女人早就为他准备好了香烟。

男人犁的这块田里的鳝鱼很多,犁不多远就能犁出一条鳝鱼。随着时间一分一分地过去,男人的腰间有了一长串鳝鱼,在他的身上来回地摇摆着。男人赶着牛,快速地犁着田,犁铧匆匆地翻卷起滑溜溜的泥块。男人想快些犁完田,然后提着鳝鱼去女人的娘家,向女人认错——毕竟是自己不对。

太阳快要落山时,男人终于犁完了田,他长出了一口气。看来自己要摸夜路去丈母娘家了。自己最怕走夜路,可是,今晚必须走。

男人背着犁铧刚走到自家屋后时,忽见一缕炊烟飘荡在房子上空。

男人心里一热:自己今晚不用走夜路了,家里的鸡、猪也不用自己侍弄了。还有,今晚可以看着女人喝鳝鱼汤,自己也可以喝两口暖心酒了。

送你一块地金石

○周　民

那段时间，心情郁闷，在朋友介绍下，我参加了地金沟三日游。地金沟是个偏僻的山沟，以出产地金石著称。

下了车，到处都是脖子上挂着各色地金石的当地人。天气热，我手里拿本杂志扇风。一个瘦瘦的中年女人过来，朝我举起盛着地金石的箩筐说："姑娘，送你一块地金石，随便挑吧。"

我看看箩筐里成色不一的地金石，随口问多少钱一块。女人拿起成色上好的一块说，真的是白送。我摇摇头，说不会要别人白送的东西。

"真不要钱。如果你想给，就拿你手里的杂志换吧。"女人在我身后大声说。

一块普通地金石也要卖五六元钱，我手里的杂志有些旧了，顶多值一元钱。我迟疑着朝她走过去，她的脸立刻笑开了花，挑一块地金石用红线穿起来，亲手挂到我的脖子上，说它能保佑我。

第二天吃过饭，正要出门，却见头天遇到的中年女人又来了。

"我还想送你一块地金石。"女人说。

我疑惑地看着她，她问我是否还有书。我从背包里拿出一本小说集，女人又惊又喜，让我一定要挑两块地金石。我挑好石头，女人摇摇头，说我挑的一块中有杂质，她挑的更为晶莹剔透。

收起地金石，我问她为什么要换书。

女人的脸红了，说这儿太偏僻了，她出不了山，山外的东西只有游客能带进来。她什么都不想要，只想要书。

望着她的背影，旅馆老板发出轻蔑的啧啧声，说那女人是疯子，家里穷得叮当响，却有一屋子的书。

在山里转了一天，天黑透了，我却不想回旅馆。我突然想起那个用地金石换书的女人——何不到她家去看看。按照当地人的指点，我没费多大力气就找到她的家。

那个家，其实是两间不甚结实的草棚。女人见到我十分惊讶，忙把我让进屋。屋子里没有一件像样的家具，书却多得塞满房间。五花八门，从医学、文学到建筑、电子，像个微型图书馆。

“你这么喜欢书？兴趣还挺广泛。”我赞叹着对女人说。

女人羞赧地低下头，说自己不识字，没上过一天学。

不识字？那换这些书干什么？

女人正要说什么，一个六七岁的女孩背着书包叫着“妈妈”进来了。女孩长得瘦小，眼睛却黑亮亮的，看上去十分机灵。女人搂住这孩子，说是她女儿。山里人重男轻女，很多女孩不读书，她就是吃了这个亏。所以，婚前她跟男方提条件，将来生了女儿，一定要送去上学，否则她就不嫁人。

她果然生了女儿，女儿五岁时就被送去读书。她用地金石换各种各样的书，为的就是让女儿长知识。

小女孩像小鸟般唧唧喳喳地说，她父亲在外地打工，过年才回来。她的学校有三个老师，天晴时，同学们就像小山羊，坐在山坡上念书。所有的同学都羡慕她，因为她家有许多书。星期六、星期天，同学们不放羊不割草就来她家看书，来回要走十几里的山路呢……

离开女人的家，女孩恋恋不舍地拉着我的手。突然，她说要告诉我一个秘密。我忙蹲下，她附到我耳边，低声说：“我妈妈得了白血病。邻居偷偷地说这件事，被我听到了。可妈妈说，只要我每晚给她读一个小时的书，她的病就会好。我现在每天给她读两小时，可她没有好，昨天我还看到她流鼻血，流了好多好多，真吓人。”

看着女孩清澈的大眼睛，我的心像被砸了一锤，半天都说不出一句话。我紧紧抱着女孩，在她耳边说，你母亲是这个世界上最伟大的女人。

旅游结束了。回去以后，我把三枚地金石一直挂在胸前，让它们陪我度过艰难的日子。

两年以后，我带着整整一皮箱的书再次来到地金沟。一下车，就看到许多女人围过来。我焦急地四下里看，寻找那个用石换书的女人。

这时，一个瘦小的男人挤到我身边，突然说：“姑娘，送你一块地金石，随便挑。”

我愣住了。这句话，和两年前女人说得一模一样。我问他，是否知道一个用地金石换书的女人。男人低下头说知道，那是他妻子，三个月前去世了。

我鼻子一酸，说我认识他妻子，还到他家去过。

男人愣住了，说他妻子是个好女人。她这么漂亮的女人，不嫁村主任的儿子，却选中一贫如洗的他，只因为他读完了高中，算是个文化人。

羊绒披肩

○姚玉萱

我把漂亮的羊绒披肩披在了沙丘上。想起披肩就不能不想起四爷四奶。

四爷四奶老两口都是七十多岁的人了，无儿无女。年轻时身强力壮，种田为生。可是近几年田越来越难种了：小小的禾苗稀稀地挣扎出来，却因干旱过早枯萎，有时一场风沙就夭折，几乎是年年种出去收不回来，有时甚至颗粒无收。种子像沙粒一样随着一股股的黄风跑出了四爷四奶的希望。再加上老两口岁数越来越大，所以种田这活儿也就放下了。种了一辈子田的四爷四奶，这时感觉到了落寞和担忧。听说城里大办羊绒厂，因为羊绒服饰既轻巧保暖又漂亮，村里的人们于是大都不种田而买来山羊养，卖羊绒的收入可比种田强多了。老两口也就东挪西借地买了两只山羊，一年卖羊绒的钱虽不多，可也能对付老两口的吃穿了，所以他们对这两只山羊格外亲，当儿女样待。酷热的夏天怕热着，老两口给搭了凉棚，一到中午时，就"宝贝宝贝"地把它们喊进了棚；寒冷的冬天怕冻着，老两口把外屋给羊做了卧室，羊儿"咩咩"地叫着，他们听着就像喊"妈妈"，心里暖融融的。

薅绒的季节，他们心疼得不得了。四奶一边抚摸着羊，一边颤抖着不忍下手，嘴里不住地念叨："宝贝，别怕疼，我轻点儿。卖了绒给你买青草，买水。"薅完了，整理好，四爷就跟村里的人搭伴儿坐上骆驼车，走上一天去城里卖绒。回来时车就被装得满满的，有米有面，有衣服，还有一桶桶的纯净水。后来车上逐渐地有了饲料或青草，因为山羊吃草是连根吃掉的，时间一久，即使是夏天，羊们想吃到青草也很困难。草场日益沙化，有劳力的人家不得不赶着山羊走好远的路找寻草场。可是四爷四奶走不动，只好与羊们一起刨草根。他们坐在沙地上，用铁耙子把地上的沙土刨开，看着露出嫩黄的小草芽，老两口黑皱的脸舒展一下，用手拉拉拴羊的绳子，看羊们走来贪婪地啃食。然后又接着挖，一刨一喘一皱眉。黑黑的老两口，白白的山羊，在广漠灰黄的天地间游荡。黄沙覆盖的大地千疮百孔，伤痕累累。忽地一股旋风，铺天盖地而来，几乎刹那间抹平了伤痕，留下了漫漫黄沙。昏黄的老天间或滴下几滴雨，像老两口快要干枯的眼泪。

几年下来，几十户人家的村子走得只剩下四爷四奶一家。有的卖了骆驼和山羊出外谋生，有的迁移到别的地方养羊。四爷四奶走不动，也不想走了。他们继续刨沙子，挖草根，从春到夏，从夏到秋。深秋的时候，北风挟着沙子肆虐，打在脸上像针扎。黄沙间一行身影在移动。四爷拉着四奶，四奶拉着山羊。走了很久，走不动了。四爷坐下了，四奶挨着四爷坐下了，山羊挨着四奶卧下了……

我是第二年春上听说四爷四奶失踪的消息的。有人在沙漠里看到了一个小沙丘，半截黑鞋底，几缕白羊毛。我跟着那人，顶着黄风，裹着黄沙赶到那里，呜呜的风吹着我的羊绒披肩猎猎作响。我对着沙丘深深地鞠了个躬，解下披肩，把它披在了沙丘上。

藏在痛苦深处的微笑

○杨喜鹏

最后一次遇见她是在毕业典礼时的会场上。她与本班的一位女同学正在谈论毕业后的工作话题。同窗三年，如果从美的角度讲，她算不上漂亮，班里二十几个女生，她在其中是那样普通，一般。但唯一留给人印象最深刻的，莫过于她四季朗朗的笑语和漾在脸上如春日花朵般绚丽迷人的笑容。这坦然而随意的笑容，经常引起我们对她优越环境的猜想与羡慕。

毕业后的合影中，同学们纷纷拿出各自的留言簿，让同窗三年的友谊与情感留驻在这最后时刻。轮到她了，只见她潇洒地一一接过递过来的笔记本，动作伶俐地签下自己的祝福与落款，并顽皮地道一声“goodlucking”。笑声如银铃。

典礼会场人影簇动，灯光闪烁，我发觉一向步态轻盈并以一脸乐观自信笑容直面人群的她，此时却显得动作迟缓，脸色苍白。怀揣着三年来对她未解的迷惑与好奇，我信步走近她，在递上笔记本的一瞬间，调侃地问：“你好像永远都这么快乐。”“是的，一直都是。”依旧笑语盈盈。

“那么，能为我签上你最后的祝福吗？”我趁机紧追不舍地请求道。

“为什么不？”只见她顽皮地眨眨眼睛，随手接过递上的笔记本，翻至一空白页，起笔书写起来。但在提笔的一刹那，我发现她的手臂有轻微颤动。

题写完毕，她在我对面找个座位坐下，一边轻轻喘息，一边用微笑的眼睛看着我。

“你的家境好像很优越?”我一直想解开心中的好奇。

“咱们不谈这话题好吗?”她立刻敛笑。

“你的父母很看重你!”我继续紧追不舍。

“是的。”她眼里闪过一丝亮光。

这时，典礼会场上响起一首快乐深沉的歌曲，那旋律流畅舒缓，生动富有节奏，宛如淙淙的溪水从心灵流泻奔淌，又如恋人的情话缠绵不止。我知道，这是典礼场合常用的《友谊地久天长》的曲子。同学们这时纷纷面对主席台，入座落定。我抬头望去，她正凝神聆听这首如田园诗般的曲子，我忽然发现，她敛笑沉静的时候也很动人。

这是我与她做同学来，第一次这么亲近的接触。她的气质很高雅，正如她脸上时刻显露的笑容一般，清纯、亮丽。不知为什么，她一直不说话，为了打破沉默，我随意找了个话题:“喜欢这首歌吗?”

“喜欢。”

“那么，祝你我友谊长存，快乐长伴!”我想趁机借此结束这场谈话，避免再接下来的尴尬。

“噢，我已经把这句话写在你的笔记本里了。”她忽然掉转话题，顽皮地朝我笑笑，并伸出了握手的姿势。

到了退场的时候，我信手打开笔记本，一页空白处果然有她隽秀的题语。我不由得感叹道:“真是快乐人生，人生快乐啊!”“那当然!”就在我起身的瞬间，她对我报之最后一笑并说道。

再次听到她的消息是两年以后。

也是一夏日的午后。往日的同学从内地归来，相聚在一块儿。餐厅里依然播放的是那首毕业临终曲——《友谊地久天长》。我心里默默念着曲名，也搜寻着那曾经微笑的剪影。一位曾经的同班同学在我身旁坐下，我急切地问起她的消息。昔日同学的笑容马上变成忧郁的沉重，一种不祥的预感掠过我的脑际。停了片刻，同学悲凄地告诉我，她已离开了这个世界，永远不会再来了。一种麻酥的感觉在我身上扩散，像电流般神速，颤动身心。

她患癌症已经好几年了，并且从一开始她就知道自己得的是绝症，而且她家境也并不宽裕，母亲下岗，只靠父亲每个月微薄的工资，还要供养一个弟弟，奇怪的是，她一如往昔，微笑依旧。

她早就知道属于自己的时间已经不多，所以从不悲观，从不倾诉与人，自己默默承受着来自身体与心灵的折磨，并在学习之余和毕业后，承担起家中繁重的家务及弟弟的日常起居、学习辅导。她是躺在母亲的怀抱中离去的，她要她母亲抱住她，虽然形容消瘦、精疲力竭，但一直把惨白的微笑和低声的呢喃带到生命的终点。

后来，我从她一位好朋友口中得知：她之所以这么乐观开朗、面带微笑，想的就是让自己树立起一个顽强生活、不向命运低头的坚强形象，以此感染与鼓舞家中的母亲、弟弟及亲人、同学……生命于人，无论他或她，是高贵的、低贱的、富有的、贫穷的，或者这一次是漫长的还是短暂的，无论是怎样的一次生命旅程，我们都要倾其所有的信心、努力与希望，面带笑容，直面风雨，去善待这一次，美丽这一次，绚丽这一次。

遗　书

○赵小走

2006年12月4日，贵州省矿工李大光在下煤窑时被冒顶砸死。此信是李大光遇难后，其工友按他的生前约定带回他家的。此信刊出时修改了标点，改了8个错别字。另据了解，李家最后获赔25万元。

爸、妈、弟、妹：

你们收到这封信的时候，我肯定已经死了。二老别哭，不要难过，尤其俺妈你，更不能哭。我觉得俺爹的腰疼病真该治了，俺弟上学也要钱，主要是俺妹的病，不能再拖了，再拖就太受罪了。光靠攒钱看病，不知什么时候能攒够。如果我的死能换来你们不受罪，我死得也就值了。

我不知道我怎么个死法，要是一次死得多，矿主瞒不住，上级来查，死的人每人可以赔20万。如果就死我一个两个，你们就和矿主私了，您问他要25万。半月前砸死的那个人就是赔25万私了的。爸，妈，你俩一定不要来，路太远，又太难走，可不能受这个罪。你让俺明起、明发哥来，他们见过世面，能说出话，个子又大，有派头。再让西院俺三婶也来，她泼辣，能哭能闹。对他们说，先开口30万，矿主肯定不给，就和他们闹，就说要找报纸、电台，把矿上出人命的事说出去，矿主就害怕这个。但也别真说，咱就是吓唬吓唬他，咱好多要两个钱，最低25万，当然能多要一万两万的更好。你们可得咬死口，不要顾惜他们，他们挣钱厉害了，哪天不挣个十万八万的？只是他们不想给，怕开了口子，今后再有死人比着要。所以您对明起哥他们说，该闹就闹，软的硬的都得使，能多要一万，俺妹就多活年把。但是您可不能让明起哥他们勒得太紧，逼急了，这些矿主黑道上都有人，明起哥他们会吃亏。

我也不知道能不能落下个身子，如果找不着就算了。有的话，您千万不要往回运，雇个车去咱家一趟得一万多呢，咱不花这个冤枉钱。你让明起哥在这里把我烧了，带骨灰回去就行。我的零花钱，都放在抽屉里。那个小收音机，就给我带走吧。

爸，妈，有了这25万，爸您别去当壮工了，您的腰不得劲，可不能再爬高上低。妈您也别包人家的地种了，您可得好好歇一歇了。先给俺妹治病，可真要是花十五六万也看不好，也别硬往里砸钱了。您二老得留些养老钱，再给俺弟留点儿。他上学这几年的学费得个五六万吧？还不知好不好找工作，娶媳妇儿什么的，花钱的事多着呢。我没上出来学，可得好好供俺弟上学。只有上出学，才能不出力，走出咱这穷山窝。再把借大姑、二姑、俺姨、俺舅、叔叔大爷的钱都还上，他们家里都有一大摊子事，都是该用钱的时候。还有，俺姑家的表弟前一阵子也想上这里来干，您对他们说，在家挣300也别上这里挣3000。这里苦累不说，真是太危险了，您可不能让他们来啊。

爸，妈，我不能给您二老打影旗摔老盆了，让俺弟给您传宗接代、养老送终吧。在这里，您的不孝儿子大光给您磕头了。祝二老下半辈子过上好日子，祝俺妹快看好病，祝俺弟事事如意。

还有：咱家的老屋明年也该翻盖了，要不又漏雨又受水的，对爸的腰妈的腿俺妹的病都不好。还有就是天冷了，你们每人都得买几件新衣裳，再买一台电视。一定要买彩电，让俺妹也看看彩电。给俺妹买件羽绒服，给俺弟买双皮鞋。一定得买，回家就买。别怕人家说什么闲话，这是咱不偷不抢挣来的钱谁能笑话？你们都吃好了穿好了，我也就死得安心了。

儿：大光

纸巾上的小汽车

○蔻蔻梁

不过就是一张纸巾而已。

我千里迢迢地从西班牙的小镇赛哥维亚把它带回来，小心翼翼地把它放好，偶尔看到它的时候，脑子里想到的不是夜色里绵延的白色雪山，不是赛哥维亚雄壮的罗马水道，甚至不是那个和善的老人的面孔。我只是在想一个和自己毫不相干的爱情故事，发生在50年前，一个西班牙男孩和一个韩国女孩身上……我是这个爱情故事的受惠者，却连它的全貌都不曾窥得半点。

从赛哥维亚那座著名的“白雪公主城堡”回到镇上的时候天已经快黑了。最快的一班回马德里的班车在两个小时之后。这个小镇那么小，却因为罗马人的文明而带来别样的壮美。我躲开密集的游人，在巷子里找了个巴掌大的小餐馆吃饭，打算慢慢回味属于自己的赛哥维亚。

小餐馆里有一个老头儿酒保，一个老头儿侍应，除此之外再无旁人。老头儿侍应穿得跟老王子一样，西装革履，腰板笔挺。他那一点点英语水平和我的那一点点西班牙语水平在冬天的小餐馆里友好地碰撞着，不但碰撞出当晚的菜单，甚至让他搞懂了我企图坐什么汽车回到马德里之后，还劝我应该去某个新的火车站坐火车，又安全又快捷。

可是那个新的火车站在地图以外。

他随手拿起一张餐巾纸，用圆珠笔画了半辆小汽车的样子，跟我比画了一通。他的手语看起来的意思像是在说：等一下，你吃完晚饭后，7点45分，我开车送你去火车站。

他郑重地把餐巾纸放到我面前，就到门口招揽客人去了。虽然在西班牙已经受了好多恩泽，然而我还是不能相信一个陌生人如此宽厚的善意。当手表显示7点30分的时候，他并不在门口，我确信自己理解错了，收拾好所有的东西离开了餐馆，迷茫地走向广场，企图寻找能够通往新火车站的公共汽车。

冬天的黑夜总不是那么友好，尤其当所有的游客都离开之后。我站在公共汽车车牌下，做好一切今夜无法离开的心理准备。7点45分，一辆起亚牌越野车停在我面前，开门，老头儿就在里头，欢快地朝我招手："嗨，我到处找你，到处找。谢谢上帝，我总算找到你了。"老头儿高兴极了，而我则在一边忐忑：应该如何解释我的不辞而别？

他用夹杂着英语单词的西班牙语填满了车厢的空间，并没有给我留出编造借口的空隙。"你要不要听音乐？Disco？你这个年龄的女孩子都喜欢Disco？跳舞？"老头子笨拙但欢乐地不断地调整电台的按钮，企图寻找出某个我喜欢的频道。我半是敷衍半是不安，一边笑一边看着汽车开离城市，路越来越黑，越来越荒凉。

"你是韩国人吗？我的汽车是起亚。"他有点得意地问我，拍了拍我的胳膊。突如其来的身体接触让我更加警惕。"不，我是中国人。"

他也许感觉到了我语气中的敌意，带歉意地结巴着表示："50年前，我的第一个恋人，是韩国人。很爱她，我很想她，所以我爱韩国——韩国的一切。看到你，我想起我的初恋。嗯，还有，她喜欢Disco。"老头子真诚地解释。然而即便这样，我依然如斗鸡一样坐在副驾驶座位上，时刻准备进行防卫或者攻击。

车的前方真的出现了一个崭新的火车站。我跳下车就跑，根本不顾他在后面说什么。正当我努力在大厅里寻找售票口的时候，一扭头，又看到他气喘吁吁地冲进来，比画着说，他去停车，发现我跑错方向了，又满世界找我。他塞了一张火车票到我手里，推着我到检票口，把我推了进去。“嗨，我要给你钱!”我在栏杆里面冲他喊。老头子似乎没有听见，使劲向我挥手道别。他那么用力地挥手，把我的心搅得酸楚无比。

我回身跑到栏杆旁边，他焦急地迎上来问我：“怎么了？车要开了，你赶紧啊。”

我用了全身的力气响亮地在他脸上亲了一记，松开他之后，这个老人手足无措地站在那里，眼眶都红了。

开往马德里的高速列车迅速把这个老人和赛哥维亚一起抛到我的旅程后方。我翻开护照，欣慰地看到他画着半辆小汽车的那张餐巾纸夹在我的护照里，如此安详。

奇鹤忠贞

〇阿米娜

在乌鲁木齐市动物园，有一只雄性丹顶鹤，洁白的羽毛、鲜红的鹤顶映衬得它王子般英俊优雅。这只丹顶鹤单独住在一个园子里，每天孤傲地在空地上散步。

一天，一只受了伤的蓑羽鹤被送进了动物园，经过一番救治，它终于脱离了危险。为了避免这只尚未成年的蓑羽鹤受到其他鹤群的攻击和驱逐，饲养员把它送进了丹顶鹤的领地。

开始，这只娇小的蓑羽鹤怯怯地、远远地注视着丹顶鹤，不久便开始接近它。蓑羽鹤先是偎过去，用长长的喙，轻轻地梳理着丹顶鹤的羽毛，然后，用小巧的翅膀蹭着它修长的腿。渐渐地，它们形影相随。每天人们都可以看见一个有趣的奇观，一只漂亮的丹顶鹤身边总是紧跟着一只灰色的蓑羽鹤。每当丹顶鹤大步奔跑时，蓑羽鹤跟不上了，便轻叫一声，丹顶鹤便掉头跑回蓑羽鹤身边，低下头亲昵地用喙爱抚着蓑羽鹤，这时，蓑羽鹤也紧紧地贴上去，温柔地回应着。

蓑羽鹤一天天变得丰满漂亮起来，灰色的羽毛闪闪发亮。一天，饲养员惊奇地发现，它们的窝里竟有了三只蛋——两只不同种族的鸟儿相爱了！

然而，一个多月过去了，三只蛋依然毫无动静。饲养员悄悄将蛋偷出，发现那三只蛋没有受精，根本无法孵出小鸟。没有结果的爱情怎么能维系？按照动物园的规定，所有饲养的动物都必须肩负着繁育后代的任务，不可以有“丁克家庭”。于是饲养员将这两只爱情鸟强行分开，将蓑羽鹤送进了它自己的族群里。

开始两只鹤还蒙在鼓里，不一会儿，它们似乎明白了发生的事。蓑羽鹤先是在它的同类中焦急地寻找它的情郎，在确认没有后，便凄厉地叫起来。同时它也听到了那熟悉的回应——它的丹顶鹤竟与它只有一园之隔。它拼命朝着丹顶鹤叫的方向飞去，头却重重地撞在铁丝网上。然而，那呼唤它的声音仍不绝于耳，于是它不停地向着那个方向疯狂地飞去，翅膀撞得鲜血淋漓，灰色的羽毛飘落一地，直到晕倒在地上。

两只爱情鸟每天都隔着园子千百次地呼唤着对方。它们的进食量日渐减少，身体愈加消瘦，精神也越发委靡。在自己的族群里，那只蓑羽鹤远远地躲在角落里，扭颈轻抚着自己受伤的翅膀，不时用嘶哑的叫声呼唤着自己的情郎。两只雄性蓑羽鹤爱上了这个忧郁的“小女子”，轮番向它示爱，却屡屡遭到拒绝。同样，丹顶鹤也对饲养员给它送来的新伙伴——一对漂亮的灰鹤姐妹毫不动心。一旦姐妹俩过于贴近它，它就会异常暴怒地扇着翅膀驱赶它们。

两年过去了，两只爱情鸟风雨无阻地翘首企盼，苦苦等待着团聚的那一天。

终于，蓑羽鹤的坚贞感动了饲养员，他们将骨瘦如柴的蓑羽鹤送回了原来的家。

此时的丹顶鹤正朝着爱侣的方向轻声地呼唤着。

身后，蓑羽鹤无限深情的一声和鸣，令丹顶鹤猛地回过头来，两只鸟儿一下惊呆了。突然，它们张开翅膀飞奔着扑向对方，长颈相绕，依偎亲吻。它们舒展开翅膀，迈动着鹤足，轻摇着长颈，转圈儿跳起了欢快的舞蹈，仿佛在庆祝着它们的久别重逢。

幸福重又回到它们中间。渐渐地，它们恢复了健康。令饲养员惊奇的是，分别两年，没生过一只蛋的蓑羽鹤，竟然又开始生蛋了。爱情哪能没有结晶？饲养员从灰鹤那儿偷出两只蛋，趁这对忠诚爱鸟不在时偷偷混进了它们的蛋里。一个月后，两只灰鹤宝宝啄壳而出。丹顶鹤夫妻欣喜不已，每天精心地呵护，毫不怀疑那就是它们的孩子。

每天，当饲养员将一桶鲜活的小鱼送到它们一家面前时，鹤爸爸总是小心地先将鱼头啄掉，再将鱼身送进两只唧唧喳喳叫着的鹤宝宝的嘴里，而它的娇妻就在一旁斜颈而视。喂饱了孩子，丹顶鹤又精心地喂妻子，妻子娇媚地、欣然地接受着丈夫的爱意。妻儿都吃饱了，丹顶鹤才风卷残云般地吃掉剩下的残羹。

分别属于三个不同种族的一家四口每天都幸福而悠闲地散步。鹤爸在前，鹤妈断后，两只鹤宝宝夹在中间，其乐融融。

苇子花开

〇尚长文

2005年夏天，我乘火车前往成都。长长的旅途闲暇无事，便拿出随身听，漫无目的地欣赏着里面的歌曲。后来，便听到了那首《栀子花开》。

栀子花开呀开，像晶莹的浪花盛开在我的心怀。

栀子花开呀开，是淡淡的青春纯纯的爱。

…………

把这支歌再放一遍好吗？坐在我对面的一个男子这样求我。

我和那个男子素昧平生，只是因为坐在对面，随便聊了几句，方知道他是一个石油工人。他这么求我，我便又把那支《栀子花开》重新放了起来。应该说，那的确是一支非常经典的歌曲。青春里淡淡的哀愁、淡淡的忧伤，全都在歌声里水一样漫了过来。于是，我便听到了这样一个故事。

我就是在那时遇到她的，但那是秋天，苇子花开的季节。那个男人对我低低地说。

那时，那个油田刚开发。我只能用一个词来形容它——荒凉。

遇到她的时候，我不知道怎么形容她，我只能说她漂亮。现在回忆起来，我所能告诉你的就是，她的头发很黑，她的睫毛很长，还有，她洁白的皮肤上长有细细的、密密的汗毛。这使得她和那个刚开发的油田一样，给我的感觉都是纯纯的原生态的美。

在我们去之前，那个地方没有什么人烟，可有一样，到处都长满了芦苇，那芦苇长得真叫密啊，走在芦苇丛里，风吹来，就感觉是海的声音，浪涛的声音。那实在是一种青春的气息。

我们住的那个地方，还有一条小河，小河的两岸，也长满了芦苇。

我是在那条小河边遇到了她。

是傍晚时分，我散步去到河边，不经意便看见她在河边独坐。她穿了一条天蓝色的连衣裙，她望着远处，她的目光那么专注。

在荒原，她的出现像一道最美的风景把我吸引了过去。我站在她身旁。相互看了一眼，我们用目光打了个招呼。

我和她说了几句话，然后，便是一阵长长的沉默。

她终于开口了。她说，我有点想家，想妈妈，我长这么大，还没有离开过爸爸妈妈。这里的风太大，一到晚上，风的声音就像狼一样的号叫。

她说，我害怕。

她对一个陌生的我这么说，看来，她的确有点受不了这种苦。其实别说是她，就连我们这些大小伙子，我们也感到受不了啊。在一个没有人烟的地方，新开发一个油田，最初的艰苦，你想有多大吧。我打个比方，我们在井场上吃饭，每一次，碗里都会落下一层沙。

于是我安慰她说，这里不是还有大家么。

我想说还有我，可我不敢。我只能说，以后下班了，常出来走走吧，我陪你散步。

她点点头，继而，又轻轻地摇了摇头。

她的样子显得非常娇羞。

从那以后，只要下班后有时间，我就会再去找她，每次去，我都会找到一个还算是理由的理由。我带她出来散步，给她讲我所能知道的所有的笑话。

后来，她的话渐渐多了起来。她说，这个地方其实还是很不错的。等过些年，石油人一定会把它建设成一个花园般的城市。她问我，你会留下来吗？我是采油队的，我反正是走不了了。你会吗？会留下来吗？这样问的时候，她的样子有点紧张。我说我会的，我会留下来的。真的？她又问了一遍。于是我大声地喊道，会的，我不走了，不——走——了！

我当然不想走了，因为我已经离不开她了。

天黑了，远处是一排排的钻塔。再远处的公路上，是一辆紧挨着一辆的奔驰的夜行车。那些车辆，不分昼夜地奔驰在会战工地上。没参加过石油大会战的人，是很难想象那种壮观的。

她说，我爸爸说了，一个石油人，不参加一两次像开发大庆油田似的会战，那这个石油工人就算白当了。以后，我们老了的时候，也可以骄傲地说，我这个石油工人没有白当。

她这么说，我便知道，她已经爱上了这个新开发的油田。

我们就站在夜幕下，顶一天繁星，看热烈的会战之夜。

那种景象——动人哪。

就是在这种情形下，我告诉她，我说我爱她。她没有回答，或许她已经猜到了我会说出那三个字的。长长的睫毛下，是她温柔的会说话的眼睛。也就是那个晚上，我，吻了她。

再后来的一天，她告诉我，她已经给她妈妈写信了。她说等会战结束，就带我去见老人。

可是，我没等到这一天。这年的初冬，她在一个夜班的巡井中，失足掉在了河里……

随着会战的结束，当新的油田有了产能的时候，我们这些会战的队伍便陆续撤离了那个地方。可是，我每年都会在她离开的那个日子回到那里，采大捧的野花，撒在河面上。

那个男人说到这里后，便停顿了下来。

最后他告诉我，一个人一生中要走很多路，要去很多地方，但最难忘的，往往是埋葬着爱的地方。因为，那是他一生的牵挂啊。

…………

那个石油工人是在中途下的车。说来你也许不信，那首《栀子花开》，我竟然给他放了一路。直到他下车，我仍紧跟在他的身后，我冲动地大声地喊，最后再听一遍吧，祝你幸福，祝石油铁人们幸福。我这么说的时候，周围的旅客都纷纷为我们让路，显然他们也被这个故事打动了。

一颗未射出的石子

○吴锡林

双休日，在文物市场闲逛，有个意想不到的收获，发现一把非同凡响的弹弓。

好家伙！五毫米粗的高碳钢丝做弓架子，硬塑手把，还有增加腕力的护弓。那产生杀伤力的橡皮筋是用听诊器上的软管做的，上黑漆，看上去结实、厚重，架在手上猛拉皮筋，发出“啪”的一声，弹射力着实非同一般。真是过瘾！

记得未上小学前就开始玩弹弓了。先是玩细铁丝做的小弹弓，射纸子弹，常用来“打仗”：一群孩子各自隐蔽起来，暴露后就对射，中弹的退出，表示死亡。也有赖着不退的，最后大家就一顿乱射，拼一阵后一哄而散，各自逃回家去了，真是好玩。大一点了就找来粗铁丝和单车内胎皮子自已做，七弯八锤好不容易做出了打石子的弹弓，上学也带着，一路上弹射个不停。树上的麻雀、草丛中的飞虫、到处乱窜的野狗、无人看管的瓜果、路边的标志牌、电线杆子，都是打击的目标。有时请要好的邻居哥哥做一把好的，一路弹射着去学校，上课也都在挂念着。一放学，又一路弹射回来。有时几个同学一齐站在铁路边的高处比赛，看谁射得最远。我经常是输家。到了星期天和节假日，邀几个同学去郊外树多的地方打鸟是常事。回来也常有三五只的收获，去毛破肚后用油一炸，是道不错的荤菜，由此会受到父亲的夸奖，我也有了一番得意。最能使我激动的是去乡下老家打鸟。那里的斑鸠跟鸽子一般大，还有喜鹊和我不认识的大鸟，早晚时分全栖在松树林里，用手电满树林找，打下一只斑鸠抵得十只麻雀，沉甸甸的一大坨子肉，真是过瘾！

一番还价，我花十元钱买下了这支弹弓。有天无事，便带着它上了楼顶，想一试身手。寻了小石子，拉长了皮筋准备射出去。瞄了几下，不知射向哪里，更确切地说是哪里能让我射呢？几秒钟后，只得把皮筋放松了，小石子没有射出。我放眼望去，四周楼宇林立，鳞次栉比。既没树木，更无森林。别说见到小鸟，就是鸟叫声也难听到。这时，倒传来狗“汪汪”的叫声。正愁没靶子，先给你一弹弓再说。那只黄狗说来也怪，在这架势面前不但没逃，也不吠了，还瞪着大眼睛看我，像是在仔细审视我这未曾谋面的“邻居”。我突然发现，它是那样漂亮，躯体高大，全身浅黄，没有一根杂毛。较肥，略显臃肿。面相端庄，对人似乎友好。我举弹弓的手不由自主地放了下来，那颗小石子仍旧没有射出。

此时的我，却感到极不畅快。几十年前玩过的弹弓，怎么忽然派不上用场了？手里拿的不像是武器，而像是工艺品。孩提时代想打哪儿就打哪儿的潇洒到哪里去了呢？童心未泯的我心里不平衡，总想发泄一下，于是对着天空大声喊叫：“今天一定要把这颗‘子弹’射出去！”。我又极不甘心地开始搜寻着目标，前后左右、近处远处地找，除了楼房仍是楼房，就是没有一个目标能让我撒野。一气之下，我把弹弓举过头顶，长长地拉开了皮筋，心想就是对天放空枪，也要把这“子弹”射出去过把瘾。当我把愤怒的目光投向远处的一瞬间，看到的是地面的马路上、巷道里车人如蚁，举过头顶的手只得又放了下来。那枚小石子最终没有射出。

自己懵懂地在想，是这个世界变了，还是自己老了？

魔盒里的爱情

○赵朝旭

我爷爷膀大腰圆，粗门大嗓，脾气乖戾暴躁，像随时可能炸响的爆竹，让人望而生畏。就是这样一条关东大汉，在我奶奶面前却温顺得像只小猫，低眉耷眼服服帖帖，说话都不敢粗声大气。我奶奶瘦小柔弱，慈眉善眼，说起话来细语轻声，从没见她发过脾气。爷爷火暴性子发作的时候，爸爸妈妈和我都会噤若寒蝉，邻居们的劝解也无济于事，可只要奶奶轻轻咳一声，爷爷黑塔一样的身子会立即矮上一截儿，把满口的怒吼叫骂全都咽回肚子里去。偶尔，奶奶的轻咳不能奏效，奶奶就会使出她的“撒手锏”——一只枣红色的小木盒，抚摩着小木盒叹息垂泪。这时，爷爷马上就老老实实地安静下来，甚至还赔上笑脸笨手笨脚地哄奶奶开心。这只红木盒就是奶奶降服爷爷的法宝。

五十多年前，爷爷和奶奶风华正茂，是一对恋人。两个热血青年的爱情跟国家的第一个五年计划一起，进行得轰轰烈烈如火如荼。然而，天有不测风云，奶奶忽然被查出了肺结核病。这种病在当时被称为“痨病”，还是一种不治之症。为了不影响自己至爱的人一生的幸福，奶奶刻意对爷爷隐瞒了病情，狠着心不辞而别，移居到另一座城市，只给他留了一个转信地址。爷爷一连写了十几封信苦劝奶奶回心转意，奶奶压抑着悲伤只回了几封，而且写得冷漠绝情，谎称自己已经移情别恋。爷爷回信说奶奶是他的生命，如果得不到她，活着也没意义，他宁愿一死。后来爷爷不知怎么辗转找到了奶奶的住址，撞开奶奶的闺房。恰巧此时奶奶刚刚得到消息说，她患的其实是普通肺炎，“痨病”之说纯属误诊。奶奶喜极而泣，见到爷爷，刻骨的相思化作了委屈的泪水奔流而下，一头扑到爷爷怀里纵情痛哭起来，边哭边哽咽地诉说着事情的原委。正说着，忽听“啪”的一声脆响，奶奶低头一看，一只棕色的玻璃农药瓶子掉落到地板上，却没有摔碎。奶奶的粉拳狠狠地捶打在爷爷的胸膛上，泣不成声地说：“你好糊涂啊，为了女人寻死觅活，还像个男子汉吗?”话是这样说，奶奶心里却洋溢着被人用全部生命去爱的巨大幸福。事后，爷爷收拾起那只农药瓶子想扔掉，奶奶死活不让，还庄重地把瓶子锁进了红木盒子，留作了永久的纪念。这一锁就是五十年。

后来，爷爷不幸患脑溢血，生命垂危。弥留之际，爷爷让奶奶拿来那只红木盒，放到病床上。他抬手召我过去，说有话对我说，让别人全都走开。奶奶想留下，也被爷爷吃力地摆着手撵开了。爷爷指了指床边的木盒子，我会意地把它抱在怀里。爷爷点点头，又示意我附耳过去，艰难地对我说了他此生的最后几句话，然后恳求似的望着我。见我使劲地点头，才长嘘一口气，放心地闭上了眼睛。

爷爷就这样死了。出殡那天，我抱出那只小木盒，执意要把它跟爷爷一起埋葬。

奶奶很意外：“丫头，你不是想留它陪你们白头到老吗?”

我对奶奶说：“我想通了，还是让它陪着爷爷好。”

奶奶又说：“既然你不要，还是把它留给我吧。你爷爷不在了，也是个念想。”

大家都同意，只有我固执地坚持说：“奶奶啊，以后有我们陪你呢，这盒子就让它陪爷爷吧，他一个人多冷清啊。”奶奶没再说什么，落寞的眼神却催人泪下。

事后，每当看到奶奶一个人躲在角落里暗自神伤，爸爸妈妈和男友就不约而同地责怪我不该把盒子埋掉，说我当时的固执不可理喻。我只是在心底重重地叹气，没有跟他们争辩。

是啊，我能说什么呢？无论如何也不能告诉他们，那盒中的瓶子里，装的并不是自杀用的农药，而是毁容用的硫酸啊！

画水彩的少女

○佚　名

他的不满大概是打初秋的时候开始的。

一连好几天，他觉得头晕气闷。这天醒来，一下床，眼前便一团漆黑，两只脚接着瘫软了。他的妻子正在厨房为一家五口做早点，听到“嘭”的一声，赶过来看，他正踉跄着爬起来。她坚持将他送往医院。

“没时间啦，”他不耐烦地说，“今天早上我们金融部有会要开……”

“开会重要，还是你的命重要?”接着，她又是一连串唠叨。

到了医院一诊断，医生说是眩晕，属耳源性眩晕。过度疲惫、精力不济或天气太热，都有发作的可能。

夏日将尽的一个周六下午，她又陪他去看医生。好不容易等到了公交车，她一马当先地冲上去，差一点儿和一个矮胖妇人一同卡在门口，进退不得。气得他想斥责她不守规矩。上车后他看见她正与方才的妇人怒目相视。她喊道：“我先把袋子放在座位上，这个位子是我的!”可那妇女已安然合上双眼，根本不答理她。满车的人都凝神静观两个中年妇人的座位争夺战。

素来讲究脸面的他看见自己的妻子如此鲁莽行事，便冷冷地对她说：“走啦，到后面去，没事干吗这么丢人现眼!”

她的心一沉，委屈化成滚烫的两行泪：“我……是因为怕你生病……身体不舒服……想抢个位子让你坐……”

他实在有点儿烦，对她的反感与日俱增。他想不明白嫁给他时羞答答的少女，何时变为一个庸俗的妇人，每天嘴里念叨的是菜价又上涨了、孩子的补习费该交了、谁家的猫狗怎么了、隔壁的女人去美容了……总之，他不感兴趣的事全都会从她的嘴里说出来。

当初怎么会娶这种女人呢？——最近，他常常这样想。

当初的她曾是深爱美术的少女。她在他家隔壁的画室学画，说是要报考美术院校。考试失败，却和他恋爱成功。他曾许诺供给她永不匮乏的原料，让她一辈子画个不亦乐乎……谁知不知不觉间，她已经发生了改变，画水彩的少女永远地消失了。

离婚？他想过但没有勇气说出口。他想，要不暂时搬出去独居一阵子，在心理上调整一下，寻找一个平衡点。

为了启口的台词，他绞尽脑汁想了一个月。

这天，他早早回家。孩子们都各自宣布有节目，家里只剩他们夫妻俩，看来是最好的时机。

“喂，老婆，喂……”他连叫几声，没人应，他不由得心跳加快。走出卧室，发现儿子的房间有微微灯光，他蹑手蹑脚地走过去。

妻子正聚精会神地画图——一幅静物水彩画。他看见她正灵巧地点出鱼肚子上的鳞片，然后，修饰青椒上的光彩。他站在她身后看了好一会儿，她都没发现身后多了一个人。而他不只是在欣赏她画图，他还在欣赏她画图的姿势。

——此时，她的庸俗不见了。她聚精会神的眼睛温柔地投向画笔的笔尖，她的动作那么轻柔，比给婴儿换尿片的动作还母性。

他脑海中，又出现从前那个画水彩的少女柔美的影子。

眼前的她不再那么年轻。她原本该过着这么优雅的生活，像一个名门淑女在灯下作画。如果不是为了他……他忽然有一种难以言喻的歉疚感。

在她画完那尾鱼后，他轻轻地说：“你真的画得很好。”

她猛然惊觉：“啊……你回来多久了……六点五十了？糟糕，还没做菜呢!”

“怎么忽然画起画来了?”他问。

“不是啦……”她羞红了脸，“毛毛明天要交作业，没时间画，我就帮他……”

“画得很好。”他故作镇定地背过脸去，怕眼中的泪光被她发觉。

他那些念头是多么愚蠢啊，忘记了她也曾是翩翩美少女；忘记了她专买地摊货是为了替他省钱；全家人都喜欢乱丢乱放，所以不能怪她没把家里收拾干净；煮的菜味淡是为了他的健康……

“好，可以煮菜啦!”她忽然抓起面前静物摆饰中的那条鱼，说：“我今天买的这条鲈鱼，菜摊老板算给我很便宜咧，你要吃蒸的还是炸的?”

“都好。”他轻声说，内心盈满了温暖。

跳楼的姿势

○贵 香

这是去年冬天发生在我身边的一件真实的事情。

一天早晨，城西老街一栋居民楼起了火。这房子建于上世纪四十年代，砖木结构，木楼梯、木门窗、木地板，一点就着，顷刻间三家连四户，整幢楼都葬身火海了。居民们纷纷往外逃命，才逃出一半人时，木质楼梯就“轰”的一声倒塌了。一清点人数，楼上还有九个居民没来得及逃出来。下楼的通道没有了，在烈火和浓烟的淫威下，这些人只有跑向这幢楼的最顶层——四楼，这是唯一没被大火烧着的地方。

九个人挤在四楼的护栏边向下边呼救。消防队赶来了，但让消防队束手无策的是，这片老住宅区巷子太窄小，消防车和云梯车都开不进来。灭火工作一时受阻。眼看大火一点一点地向四楼蔓延，消防队长当机立断：“先救出被困的居民!”

没有时间去准备，消防队长随手抓过逃出来的一个居民披在身上的旧毛毯，摊开，让手下几个人拉着，然后大声地冲楼上喊：“跳！一个一个地往下跳，往毛毯上跳！背部着毯!”为了安全起见，他亲自示范，做着类似于背跃式跳高的动作。只有背部着毯才是最安全的，因为毛毯比较旧，背部着毯受力面大些，毛毯才不容易被撞破。

站在四楼护栏最前面的，是一个穿着大衣的妇女。无论队长怎么喊叫，她就是不敢跳，一直犹豫着。她不跳，就挡住了后面的人跳，而每耽搁一秒，危险就增大一分。楼下的人急得直跺脚，直冲楼上喊：“你不敢跳就先让别人跳，看看别人是怎么跳的。”那妇女让开了。一个男人来到了护栏边，在众人的鼓励下，他跳了下来。动作没有队长示范的那么规范，但总算是屁股着毯，毫发无伤。队长再次示范，提醒大家跳的方式。接着，第二个人跳下来了，动作规范了很多，安全！第三个、第四个……第八个跳下来了，动作一个比一个到位，都是背部着毯，落在毛毯上，什么事也没有。

楼上只剩下一个人了，就是那个穿着大衣的女人，可她仍在犹豫。楼下的人快急疯了，拼命催促她。终于，她下定了决心，跨过护栏，弯下腰来，头朝下，摆了个跳水运动员跳水的姿势。消防队长吓坏了，这样跳下来那还得了！他吼了起来：“背朝下！”但那女人毫不理会，头朝下，笔直地坠了下来。所有人的心都提到了嗓子眼儿。只见她像一发炮弹笔直地撞向毯子，由于受力面太小的缘故，毯子不堪重撞，一下子破了，她的头穿过毯子，撞到了地面上。

消防队长慌忙奔了过去，他看到那女人头上鲜血淋漓，已是气息奄奄。但女人的脸上却露出了一点笑意，她抚了抚自己的肚子，有气无力地说：“我只有这样跳，才不会……伤到我的……孩子。”消防队长这才看到，这女人，是个孕妇。女人断断续续地说：“如果我不行了，让医生取出我肚子里的……孩子，已经……九个月了……我没……伤着他，能活……”

所有的人顿时肃然动容。他们这才明白，这女人为什么犹豫，为什么选择这么笨的姿势。她犹豫，是因为她不知道怎样跳才不会伤着她的孩子。选择头朝下的姿势跳下来，对她来说最危险，而对她肚子里的孩子来说，最安全。

你是我的重点

○夏妙录

十六岁那年我异常憎恨“重点”二字，原因是我在与“重点”二字对立的差班里。我们学校每年都给初三学生分班，把学习好的集中在一个班，叫重点班，其他的班级叫平行班，平行班就是差班、垃圾班。

我进入垃圾班的一段时间内，非常迷恋一种扑克牌游戏，叫“拱猪”。吃饭时，母亲常找不到我。

开始我们不玩钱，只拿输牌的人当猪取乐，让他用嘴唇拱开众多叠放着的扑克牌，像猪寻找食物般，寻找那张我们藏匿的“猪”——黑桃Q。找到黑桃Q再用嘴叼出来，才算由猪演变为人，可以挺直腰杆继续下一轮游戏。

让我们觉得倍感解气的是，我们商议好拿输牌的人当校长或给我们上课骂我们垃圾的老师，向他大声喊叫：“蠢猪！笨猪！猪头！猪脑！”或者扯开嗓门粗声粗气地模仿猪争槽抢食的声音，还拿手指戳他的头，“猪”一概不生气。这种指桑骂槐的场面，说有多刺激就有多刺激。

在这样的场面下，母亲喊我吃饭的声音就显得很是苍白无力。

直到父亲的出现。

父亲手上总是挥舞着木棒，嘴里吆喝着：“你这个猪头！”我在吆喝声中躲避着父亲手中的棍棒，悻悻回家。

后来，记得是在我被数学老师扇了耳光、又让班主任叫到政教处挨了几个“飞毛腿”之后，我建议把“猪拱食”的环节省略，让输牌的人拿出一分两分或五分的硬币代替。输的钱充公，交我保管，等到数目够我们去一趟县城，我们就集体逃课去县城见见世面，顺便找点事做，永远不回那个垃圾班让人看轻。

父亲发现扑克牌边上有硬币后，他手上的棍棒的作用就不只是起威胁作用，常常冷不丁就落在我的背上、腿上、手臂上。让我在剧痛中丢下钱，像只受惊的老鼠几下子蹿进山林不敢出来。

直到母亲来召唤。

母亲不是我的生母。在我咿呀学语时，生母的娘家人教我喊母亲为姨，我很不懂事地喊了她十六年。其实她为了我宁愿不生育，她说只有这样我才能成为家庭教育的重点。

有一回我逃学去玩“拱猪”，又被父亲捉住。一阵乱棒之后，父亲叫我滚得远远的，别再回家，那样他就可以让母亲生一个听话像样的儿子或女儿。

这话比木棒落在我身上更痛，痛得很彻底。

我瘸着腿回家整理衣物。反正读书读得很窝囊，没人拿我当重点，倒不如出去打工，永远不回来受气。

那时，“永远”这词很有感伤力度，常把自己感伤得英雄气短：早上第一节课刚打算离家出走，第二节课就改变主意。但是，这回很坚决了。

是母亲拦下了我。母亲扯着我的行囊说了一大堆的好话，有句话让我的心颤抖了一下。她说，你永远是我的重点。

自从分进了差班，我就对“重点”这个词特反感，但是从母亲口中出来的这词却让我流了泪。我知道她真拿我当“重点”，尽管我进了差班成了垃圾学生，不可能考上好的学校。

在我拒绝中饭和晚饭后，母亲又来到我的房间守着我。打小我有什么心思都逃不过她的眼睛，她知道我想趁着夜色离开家。

母亲在灯光下守着床上的我，同时守着书桌上的饭菜。

母亲说，你把姨当重点吗？

我在心里默认了，但不出声。

母亲又说，你别让我唯一的儿子饿坏啊？

我转过身面向墙壁，在心里讥笑她拿我当小孩子哄劝。

母亲一遍又一遍地热饭菜，一遍又一遍地叫我别把她的独生子带上歪路，或者送进监狱，甚至送上不归路。她说，那样她就会孤苦伶仃地度过余生，老了没人养，死了没人送终……

我终于忍受不住她无比真诚又带爱意的唠叨。我默默地起身。

母亲高兴地跳跃起来，飞也似的奔到我的床前，抓住我的手臂，像搀扶老奶奶似的把我扶到书桌旁。

母亲站在书桌旁说，我就知道你心疼姨，舍不得姨为你伤心。

我再也无法让内心的大海平静如斯，我开始泪水滂沱地吃起饭菜。

吃完，我喊了一句："娘，我饱了。"

那是我有生以来第一次喊娘，娘愣在那里没应我，直到我喊第二声，她的脸绽放成一朵墨菊，应了声："哎。"

从那以后，娘成了我生命里的重点。

隔壁的纸条

○因　恩

我在杨柳青租房打工。一天回家，看到门上有一张纸条，上面写着：“上月电费，一共15.5元。隔壁。”我这才知道一门之隔的隔壁，原来住着人，并且我们合用一个电表，他(她) 塞条子是为了要我出一半电费。我赶紧拿了8元钱准备送过去，可一看铁将军把门，只好把钱用方便面袋装好塞进了门缝。

第二天，我下班回来，刚打开门，就发现门缝里塞着那个方便面袋，里面装着2.5元钱和一张字条：“你来不满一个月，所以不能收你全月的电费。”看了那几个字，我的心里一暖。哟，这人还挺较真，给他（她）小便宜，他（她）都不要……

此后，我一直留心隔壁的一举一动，可奇怪的是，从来没听到过他（她）屋里有什么响动，也从来没有见着他（她）的庐山真面目。

半个月后，我的煤快烧完了，连续好几天到街上去找卖煤的，都没找到。附近的居民都说，煤站一个月才来卖一次煤。没法子，只好给隔壁的他（她）留了一张字条，问问哪儿有卖煤的。

第二天我下班后，看见门口放着一袋煤，上面还用系口的细铁丝穿着一张字条，写着：“83×0.19=15.77（注：实付15元）。”

这样心细的一个人，我想一定是女的。可又一想，40公斤的一袋煤，一个女人根本没法弄回来。一定是男的！如此心细的男人可真少有……

老样子，我把买煤的钱塞进了他的门缝，当然少不了好处费，不算多也不算少——5元。

谁知道，我的做法惹恼了他。隔天，我在门缝里看到了我那5元钱和一张怒气冲冲的字条：“小姐，你会不会算账啊？有钱你救助失学儿童呀!”

看得出来他生气了，不然他的措辞不会如此严厉。想到我的做法伤害了他的好心，我很自责，愧疚地找了纸和笔，郑重地写上：“对不起!”顺便还画了一个流泪的小女孩。

我的字条换来的是10块阿尔卑斯奶糖和一张温情脉脉的字条：“乖，不哭，告诉你一个秘密，门口的编织袋里有劈柴。”

我很纳闷儿，他是怎么知道我是女孩的？思来想去，我终于明白了，是我晾晒在院子里的衣服出卖了我。

可奇怪的是，自从我住进来后，居然没见他洗过一次衣服。为了确定他的性别，更为了感谢他这段时间对我的关照，我给他回了张纸条：“我也告诉你一个秘密，星期天我休息，你有衣服要洗吗?”

他的回复是：“谢谢，恕在下不能成人之美。”也许是怕他的拒绝伤害我，他在字条的下端画了一枝小小的玫瑰。虽然画得不是很好，看起来像朵喇叭花，可我猜想他画的一定是玫瑰。

那张字条让我胡思乱想了半天。我在纸条上画了一台洗衣机，旁注：“免费，不洗白不洗。”

第二天，我在门前看到一个塑料袋子，里面装着两件格子衬衣。我检查了一下，发现衣服一点儿也不脏——他是怕拂了我的好意!

过了一个星期，早晨我发现门上贴了两张字条，一张上面画着美丽的雪花，雪花下面是一个可爱的女孩。另一张上面写了一句话：“小心路滑。”——下雪了，他要我走路小心。下楼一看，外面果然白茫茫的一片，一股暖流顿时涌上了我的心头。

我迫切地想一睹他的真面目。第二天，我在他的门上贴了一张画，上面画了一个腼腆的女孩子，睁着好奇的眼睛说："隔壁的，我想见你。"

他的回复是一只青蛙，没有只言片语。他是在告诉我他是一只青蛙，怕吓着我。于是我礼尚往来地画了一只龇牙咧嘴的恐龙，言下之意是说我才不怕他呢。

接下来的几天，我在期待和失望中度过，因为没有他的一点消息。每天上班送我的是他门上那把铁锁，下班后迎接我的依然是那把铁锁，仿佛那里压根儿就不曾住过人。我失落到极点，难道他连招呼也不打就搬走了？我想透过帘子看看他屋子里究竟还住没住人，可那边厚厚的窗帘挡住了我的视线。

眼瞅着煤要见底儿了，劈柴也只剩下几根了，而我却连买煤的地方在哪里都不清楚，不由暗暗着急。腊月的杨柳青滴水成冰，望着干瘪的编织袋我下定决心抓紧时间买煤。一天下班后，我连问了三个老大爷、四个老大妈才打听到煤站的确切地址。可一进院子我就发现门口码放着两编织袋煤。在袋子的中间夹着一张字条：162×0.20=32.4（实付32.5）。真是雪中送炭啊！就连劈柴都是劈好的，整齐地码放在编织袋旁边。

我赶紧去看门上，果然贴了新的字条："小姐，千万别忘记架好炉子，万一冻了水管，你就得唱《上甘岭》了。"

我忽然想到了蒲松龄笔下的那些聊斋故事，心想，难道隔壁住着一只千年狐狸不成？为什么每次都及时帮我又不现身？可我不是进京赶考的书生啊，我仅仅是一个打工妹。再说在蒲老先生的笔下，只有狐女爱书生的故事，可没有狐男恋女生的故事啊。这样一想我计上心来，我把他买煤的钱塞进他的门缝，并附上信笺一封："狐狸先生，谢谢你雪中送炭。"

很快他便留了条子："煤钱我已分文不少地收到，另外我听说有狐狸精小姐，却没有听说过狐狸精先生，难道你是狐狸精？"

我生气他说我是狐狸精，高兴他终于又出现了。于是我赌气写了一句：“你才是狐狸精。”第二天换来他一句：“你是狐狸精。”我再贴一句：“你是狐狸精。”他干脆只写三个字：“狐狸精。”就这样，我们赌气似的故意和对方作对，每天在狐狸精的后面增加一个感叹号。当我贴的狐狸精后缀上8个“！”的时候，他用白纸剪了一面旗高高地贴在了他的门上方。我欢呼雀跃，庆祝胜利。

春天来临的时候，我给他下了最后通牒，说我必须见到他，否则我次日就搬走。我的通牒终于引起了他的重视，他在纸上画了一座桥，而桥下是缓缓流淌的河水。桥头伫立着一个望眼欲穿的男生，手里举着一块牌子：“不见不散。”

杨柳青除了一座有名的清水桥之外，再没其他的桥。去见他之前，我想：这样一个幽默真诚的男孩子，只要他的身高有1.6米，只要他的五官没长错位，只要他没跟别的姑娘订婚，我愿意做他的女朋友。

你知道我在清水桥头看到了什么吗？一个放风筝的小伙子，他的风筝上写着：“不见不散。”他很高，应该有1.80米；他很帅，长得浓眉大眼。我几乎要晕过去了……

原来，这位“狐狸精先生”一直在上夜班，所以我们才一直错过见面的机会。为了不错过彼此，他换了一份上白班的工作。

如今，我们已经把两间房子中间的隔门拆了，改造成温馨的一居室。

狼　乳

〇阮德胜

司务长大雨接菜的时候捡回一只狗。

连队离总部很远。每周四，总部的供给车和连队司务长的马车都要对着跑，交接粮油菜的供给后，双方话都不敢多说就得掉头往回赶，就这样还得两边都掐着东西日头，才不至于走夜路。

大雨是连队的第一批兵，当兵第二年接任司务长，八百里荒漠他走得最勤，也最老到。他是连队“外事活动”第一人。他说他在路上捡了一只狗，并带回来养着，连队里几乎没有反对的声音。兵们当然喜欢，在这个除了人是主要的活物以外的寂寞区域，有一种较通人性的动物供大家把玩，确是奢望。可连长还是说了一句：连人都快养不活了，还养狗。

真是这样，那年月，不少人当兵就是为了吃饱饭。大雨没有吭声，下米时朝锅里扔了几粒沙子。正应了“一人吐一口，养只大肥狗”的说法。这只后来名叫贵妃的小母狗，就是堂而皇之地吃着兵们吐的沙裹饭长大的。

贵妃来时瘦得没有狗样儿，这批南方兵都说它缺少狗样。可小东西一双眼透亮透亮的，趴在一个地方冷冷地看着每一个兵。对于贵妃，大雨不敢据为己有。这群兵，喜欢“训练”贵妃。有时折腾得过分，只要大雨稍微护着点儿，大伙儿就开大雨和贵妃的玩笑。大雨气得没办法。

贵妃长得快，几个月下来就出落得狗模狗样了。贵妃还是跟大雨亲，也有眼色。大雨忙的时候，它远远地蹲着；大雨一闲手，它就会过去蹭两下。贵妃嘴很紧，不该吃的绝不吃，一块伸口可及的牛骨头，没有兵们的指示，贵妃连看都不看。

最先发现贵妃长处的也是大雨。那天去接菜，马不知咋惊了，撒腿跑，吓得小士兵攥着大雨的衣摆一个劲地喊，车颠得快散了！这时，贵妃从车上蹿下，健步飞赶快马，几秒钟，就咬住了马的前蹄，马停了。贵妃闪电般的身影一直在大雨的脑海中，大雨说，贵妃肯定是个捕猎的好手。自此，连队时常出现人狗赛跑的场景。

贵妃出事是在来队两年后一个秋天的晚上。那晚，特别冷，兵们穿着羊毛皮大衣牙齿都直打战。部队从哈萨克人手里买了十五匹民用马当脚力，一群狼嗅着味就过来了。半夜里，全连持枪护马抗狼。狼群在对面山坡上嗥叫，不进不退；兵们在临时搭建的马圈四周，时不时地朝天放枪警示。双方对峙到东方放白。意欲收兵之时，贵妃一声长啸，那是原汁原味的狼嗥。就在大家还没来得及反应时，贵妃箭一般地冲进了狼群。

贵妃是匹狼。兵们咬牙切齿地说。大雨这才忆起，茫茫荒漠哪儿来的狗让他捡？大雨给兵们落下了笑柄。大雨坚信贵妃还会“浪子回头”，可是贵妃一去不复返。别人开始忘记贵妃时，大雨开始恨它。

又是一个星期四，独自去接供给的大雨没有按时归队。连长带兵找了一宿也没有结果，消息报到上级。领导派来吉普车配合搜救，命令“活要见人，死要见尸”。

连队官兵备足干粮，驾车开始地毯式搜寻。两天后，还是没有踪影。干渴和失望开始笼罩官兵。连长坚持说，再往前搜半天。跑在前边的吉普车翻过了土坡，惊喜地看到了连队的马车。待官兵们跑过去，见到的是马的骨架。连长看了看四周说，大雨遇到了狼群。这时开始有人抽泣。连长黑着脸，又看了看，发现马车边没有人的尸骸，突然大吼道，大家散开去搜，直到找到司务长为止！

连长跳上吉普，疯了似的向四周开去，在一簇较高的灌木下，发现了只剩鼻息的大雨。连队卫生员迅速进行抢救。连长从大雨身上闻到了奶香，抬头一看，不远处蹲着的一匹狼艰难地站起来，向荒原深处走去，后边还跟着两匹小狼。连长顿时明白，说，是贵妃救了大雨。

通过大雨遭袭时的经历来推测，事情的经过大概是：大雨在回来的路上被一群饿狼围赶到出事点，先是三下五除二啃了马，紧接着攻击了大雨。大雨被拖咬下车后，狼群礼让哺乳期母狼先食时，贵妃认出了大雨。贵妃护住了大雨，将他拖到了安全地带，一直守护并用狼乳奶着大雨，直至部队来人才走开。

贵妃感动了连队，狼性感动了连队。自此，连队每年都有为狼群冬贮食物的计划。从此以后，再也没有发生狼群侵扰连队的事。

可惜，那以后大雨直到转业都没能再看一眼贵妃，贵妃成了一匹真正的狼。

女生田歌

○小兰子

田歌，我们班的，高一女生，体育特招生。田歌生活很节俭，不吃肉不吃海鲜不吃一切昂贵的新鲜蔬菜，最爱吃食堂两毛一块的酱豆腐，还振振有词说某位伟人也好这一口。一女同学实在受不了她这种说法，反驳说伟人还同时爱吃红烧肉，田歌便闷头不语了。

我们不是势利眼，我们明白贫穷不是错。可是，田歌，不仅节俭，不仅变态节俭，还超级吝啬。你不可以借她一块钱。一旦借了，她会反复地说不要忘记哦；如果还钱晚了，她会用热切的眼光，不厌其烦地注视你，或者直接，或者隐晦，催促你“快点还我的钱”。她从老家带来的地瓜干，总是锁在小柜子里，夜深人静的时候，老鼠一样偷偷地嚼，不肯分一片给舍友。就这样，她用变态节俭和超级吝啬，筑成一道厚厚的墙，让人无法接近，也不愿接近。

学校下发了一个通知，每班挑选两名经济最困难的学生，学校将每月给予一定的伙食补助，通知上还反复强调单亲家庭学生优先考虑。来自小山村的田歌和同宿舍林凌得到了学校下发的补助，田歌的申报理由是：母亲早逝，父亲常年患病，丧失基本劳动能力。

不管怎么说，田歌和林凌得了一点意外之财，舍友们起哄要小小地宰她们一刀。林凌答应得很痛快，田歌却嗫嚅着说，学校只是把钱打进了饭卡，自己还是没钱。林凌拉一下田歌的手，小声地说，田歌，你比我困难，我出三分之二的钱，你只拿三分之一好了。有限的名额，给了咱们，怎么也得表示一下，对吧？田歌含混不清地说，钱在卡里，一次消费太多，被学校查出来，影响不好。

田歌最终没请客，哪怕请大家喝一杯豆浆都没舍得。就在大家背地里议论纷纷的时候，校长在全校大会上念了一封信，一个匿名贫困生写给校长的信。校长义愤填膺地说，学校的补助，是帮助家境困难的同学的，不是用来让某些人敲诈勒索请客吃饭的。校长义正词严地说，再有人胁迫特困同学请客，严惩不贷。我们的目光利箭一样射向田歌——没想到，这个人不只是变态的节俭狂，还会打黑枪告黑状。

我们回到宿舍，视田歌为空气，一句话都不和她讲。我们用16岁最残忍的固执与冷漠，对付这个为了钱而变态为叛徒的人。

半夜田歌突然哭醒说，我没有给校长写信。宿舍长冷冷地说，深更半夜，扰人清梦让人作呕。田歌大哭起来，受了很大的委屈一样，念叨个没完，我不就是没请客吗？我只是想攒一点钱，回家的时候，给我娘买一碗红烧肉回去，她已经好几年没吃到肉了。我承认，我吝啬，我抠门，可是我不是叛徒，我不会卑劣到写信告你们……

已经没人听田歌唠叨，我们共同关注到一件事情：田歌的母亲，还健在！

田歌也停止了申辩，异样的寂静让她认识到，她说漏了嘴，说出了一个弥天大谎的真相。田歌为了得到补助撒了谎，每个月25块钱的伙食补助，代价是，让她活生生的娘，“死”在她的申请材料里。她以为，全学校只有她来自那个不知名的小村，没有人知道这个秘密，却疏忽了自己也是知情人。

“你们不要告诉老师，不要告诉别的同学，好吗？”

田歌鼻音浓重，凄清的月光照在她身上，两条能让她进入这所名校的长腿，在浅蓝色的被子下，蜷曲着，颤抖着。

“求求你们了，明天我请你们吃肯德基。”

“省省吧，你一年的补助也不够我们7个人吃的。”宿舍长懒懒地打了个哈欠，“睡吧，一会儿查夜的老师来了，事情就闹大了。”

田歌立刻噤了声，捂着被子，小声地抽噎。7个女孩能为一个不喜欢的人保守秘密，这样说，有人信吗？没人信。田歌更不信。第二天一大早，她就去食堂买来各式清淡的小菜，炸得金黄的油条，金黄的小米粥，一份份给我们分好，放在暖气片上温着，等我们洗漱完一起吃。没人动筷子。我们更讨厌她——叛徒，骗子，还如此市侩，居然想用行贿堵住我们的嘴。

去教室上课。宿舍长一声令下，我们齐刷刷地往外走，田歌一步跨到门口，长长的手臂堵住门：“求求你们不要说出去，我可以把补助让给更困难的同学，只是求你们别说。”“让开。”

田歌突然就跪在那里：“你们不答应，我就不起来。”

气氛很僵，不是年轻的心有多硬，而是没见过这样软弱的田歌。

“你起来吧，我保证不说。”林凌软软地说了一句。

田歌看向另外几个人，眼睛充满可怜的期待，我们被迫点头。

田歌开始疯狂地为我们购物，小笼包、串串香、鱼香肉丝……我们拒绝着她的盛情，她却固执地坚持着“感谢”我们，我们也为她担心起来：田歌，你的卡会刷爆的。

“放心吧，学校的补助卡我没刷，我会找机会退还的。”田歌满面笑容。

运动会的时候，体育特招生们扬眉吐气，唯有田歌，跑得软绵绵的。宿舍长说，没事，长跑不同于短跑，田歌有后劲。

田歌却晕倒了。她没病，主要就是营养不良。于是我们知道，为了省下钱“贿赂”我们，她每顿饭只啃一个干馒头，然后给我们买各种花样的菜肴。

我们哽咽在她一无所有的家里，旁边，一个披头散发的女人，贪婪地啃着我们带来的苹果，间或，会用黄黄的牙齿咬下一块，强塞进田歌的嘴里。

那是她的妈妈，一个比死人还拖累田歌和她父亲的疯子。

贫困生的帽子不是谁都乐意戴的，贫困的痛苦理由也不是谁都乐意完全公开的。那一刻，我们深深地原谅了田歌。那堵横在我们之间的墙，也在刹那间轰然倒塌，不复存在。

葬马

○若　凡

老车把式使役多年的这匹枣红马老了，且又病入膏肓，眼看就要死啦。老车把式不忍心杀它，杀了它也没几斤肉，它已经瘦得皮包骨头了。老车把式决定把它送到旷野里去安息。

这匹老马拉了一辈子车，最后还破天荒地坐了回车。拉车的是它所生的一儿一女，仍由老车把式赶着，出村后慢悠悠地向野外驶去。拉车的两个畜牲不知是给母亲送葬，倒像是去游玩，快活地又甩尾巴又打响鼻儿。

老车把式倒因为将要与这个老伙计永别，心里沉甸甸的。这的确是匹好马，干活儿从不藏奸耍滑，多少年来东奔西走，喘息于骄阳之下，奋蹄于风雨之中，拉车运输的东西堆起来该有一座山了。尽管如此，老车把式还常常用鞭子抽它，有时候是他急着赶路，有时候是要将陷在泥淖中的车赶出来，不抽它怎么办？此时此刻老车把式抚摩着老马身上的累累鞭痕，真的有些悔恨自己当时下手太重了。

老马虽然常常挨主人的鞭子，但从不记恨。它好像很理解主人，还对主人蛮有感情。夜晚，老车把式去马棚给它添草料的时候，它常常用柔软的嘴唇轻吻一下老车把式的手臂。拉车运输中，它也颇懂主人的心思，配合得很默契。有时候老车把式在途中太疲乏，便抱着鞭子倚坐在车上睡着了，一觉醒来，往往发现这老马正好把车拉到了目的地。

有一回这老马被人偷走了，老车把式一家人急坏了，四处寻找皆无踪影。不料过了五天之后，老马居然自己跑回家来。瞧它那疲惫不堪、通身是汗的样子，就知道它一定跑了很远的路；它为挣脱缰绳笼头还弄得头上嘴上鲜血淋漓。当时老车把式不由激动地紧紧抱住马头，久久不放……

这一宗宗往事，此刻都在老车把式心头浮现、萦绕。不知不觉，车子已离开村子大约两里路，来到一片荒野之中。

老车把式瞧瞧这地方绿草如茵，十分宁静，村里的恶犬也寻不到这里来，于是便将这匹老马从车上卸下来，让它躺好。老车把式还用镰刀割了一抱嫩芦苇放在老马嘴边，尽管它已经不能进食。老车把式又给老马梳理梳理鬃毛，也算是最后整容吧。“老伙计，你就在这儿安息吧！”老车把式说完这句话，赶起空车便往回返，他生怕自己控制不住会掉下眼泪来。返回途中，老车把式几次回头张望，只见那匹老马也一直抻着脖子朝这边张望。

这一夜，老车把式睡得很不安稳，总做梦，总梦见那匹老马。翌日清早，天刚放亮，老车把式就起了床，他决定到野外去瞧瞧那老马是怎么个情形。

可当老车把式经过后院马棚的时候，居然瞧见那匹老马正躺在它原来占据的马槽下面，也是它儿女身旁，安然死去。老车把式起初以为是看花了眼，揉揉眼睛再仔细看，果真是他的老伙计。这情形让老车把式惊得半晌说不出话来，他万没想到这匹奄奄一息的老马还能支撑起那么病弱的身躯，一步一步走了回来，最终死在了自己家里。

老车把式不由得百感交集，老泪纵横。

我想有个家

○陈力娇

苑小美把孩子弄丢了。此前她正和丈夫闹离婚。昨天儿子扯着她的手哭，说他要是跟着爸爸就没妈妈了，要是跟着妈妈就没爸爸了。

这确实是个难题，苑小美听着眼泪哗哗就流下来了。不过她还是坚持不改变主意，如改变她就没有力气把以后的路走下去了。但是现在孩子丢了。孩子丢了对苑小美打击太大了，她没什么也不能没有孩子，甚至是没有自己也不能没有孩子。

苑小美的母亲见外孙丢了，比谁都焦急，孩子一直是她带着，她拿孩子当眼珠，谁对孩子不好就和谁拼命。她对苑小美说，你们离不离我不管，外孙得归我，你们能摆平你们就离，你俩死一个少一个。

可现在孩子丢了。孩子一丢苑小美和丈夫也暂时休战，开始分头找孩子。他们找了他姥姥常带他去的几户人家，都没有。他们找了孩子去过的录像厅，苑小美的母亲有时太忙了就把他送到录像厅，可是今天的录像厅坐着的几乎都是小孩儿，就是没有苑小美的孩子。

忽然，苑小美想到城外，城外有一片松林，那里有一泓清水，有一次苑小美领孩子从那儿路过，孩子看到有人在钓鱼，当时就表示他也想在这里钓鱼，一连几天都和她念叨这个问题。

可是等苑小美打车来到这一泓清水旁，这里鸦雀无声，几个垂钓的老人向她证明，这里一天都没出现过孩子。

天很快就要黑了，苑小美无功而返回到母亲家，丈夫累得躺在沙发上，她的母亲正捧着水瓢咕嘟咕嘟往肚子里灌水，大家都累得不行。苑小美的母亲说，都是你们作的孽，好好的日子不过闹离婚，这回你们离呀，没有了孩子你们清闲了，你们离呀！

苑小美听母亲这么一说，哇的一声张开嘴大哭了起来，她说，没有孩子，没有孩子我就死！

她的丈夫在沙发上转动了一下身子，说，这不能赖我，我没想离婚。

苑小美说，你没想离婚就有理了？这个家都是你闹的，你知道你喝醉了酒什么样儿吗？反正我是不能和你过了，孩子没了我就更不能和你过了，明天我就上法院起诉去！

他们这样吵，仿佛一瓢凉水，让苑小美的母亲冷静了许多，她在脑海里查地图一样，终于查出一个外孙可能去的地方。她说，孩子会不会回你们家了？

正吵得不可开交的苑小美听母亲这么一说，马上反驳说，他哪有家呀？哪儿是他的家呀？你没见那房子的大锁头比碗还大吗？他没有钥匙，他飞进去呀？

苑小美说得有道理，她带着孩子在母亲家里住了不下半个月了，半个月她没有回一次家，孩子自然也就不会回家。

苑小美的母亲可没听苑小美的，她起身就去实施自己的行动，只要有一丁点儿希望她也不会放过。

来到小美居住的房子前，苑小美的母亲才感觉到，小美坚持离婚是有道理的，这哪像个家呀，房子不像房子，年久失修；院子不像院子，和院外比凹进一尺多深。这些年这两个人忙着干仗，谁都没有心思管家。

院门是锁着的，苑小美的母亲就从邻居家的木栅栏外跳了进去，黑色大锁她老早就看到了，但是她还是来到窗玻璃前，手遮住眉眼向里面望。这一望，苑小美的母亲顿时哭了起来，她的外孙蜷缩着身子躺在冰凉的土炕上睡着了，那炕有半个月没生火了。

苑小美的母亲这一哭，邻家女人出来问她哭啥，苑小美的母亲就把孩子在里面的事说了，两个人都纳闷儿孩子是怎么进去的，推推窗子，里面是闩着的。最后邻家女人断定，是从他们家门上方那块打破的玻璃窗进去的。可是这个窗子太小了，又在高处，框上还有玻璃碴儿，孩子怎么进去的呢？

苑小美的母亲在外面哭，孩子在里面睡，邻家女人陪着苑小美的母亲心酸。一直到掌灯的时候，苑小美的母亲才把外孙从打破的门窗里接出来，她抱着心肝宝贝，紧紧地搂着，再也不让他离开自己半步。

孩子则伏在姥姥的肩头，继续瞌睡着。苑小美的母亲就抱着外孙往自己家走，她一边走一边哭，那泪水就如同涌动的河流，不断线地流淌着。

第二天这间房子生火了，有炊烟袅袅地从屋顶的烟囱旋出，过路人还隐隐听到小孩子的笑声、大人的窃窃私语声，几只麻雀不失时机地落入院中……

爱之水

○周海亮

一个矿产勘探队在茫茫戈壁滩上考察，由于途中出现意外，一男一女迷路了，与队伍失去了联系。他们是一对恋人，确切点儿说，他们只是彼此暗恋，在这之前，两人仅仅是从对方的眼神和谈吐中捕捉到转瞬即逝但确凿无疑的恋人间所独有的羞涩。

他们相互搀扶，说着鼓励对方的话，在戈壁滩上不停地走。可是到了第三天，周围仍然是一望无际的戈壁滩。太阳在头顶上恶毒地烘烤着，生存的希望正在一点儿一点儿地萎缩，尽管他们都朝对方微笑，但两人都意识到死神正一步步逼近。

傍晚，女人在经过一片乱石时扭伤了脚，每走一步都揪心般疼痛。极度疲惫的男人已经背不动她了，而女人也拒绝他背。她说，那样的话，两个人将会一起死在戈壁滩上。

他们的面前只剩下两条路：一、男人和女人不再试图走出戈壁滩，只是守着对方和几乎为零的生存的希望，熬到生命的最后一刻；二、男人先安顿好女人，然后独自前行，寻找队伍或救援，找到后再回来救女人。两人斟酌再三，觉得第二条路也许能够增加一些活下去的机会，尽管这样做的后果极可能是一转身便成为永别。

直到此时，他们仍然没有向对方明确表达心中的爱恋，两人都认为，表白之日也许便是永别之时，无疑太过残酷。假如自己死去而对方活下来，那么，何必要让对方用一生的时间来忘掉一个早已不在的深爱着自己的人呢？

男人为女人支好帐篷，扶她躺下，说：等着我，寻找到救援后，我马上回来。他们检查了对方的干粮袋，彼此的干粮最多还能维持两天。

你的水呢？女人问。男人把水壶递给女人。女人掂了掂，凭感觉，那里面还有小半壶水。女人笑了，她说，够了，这些水肯定能让你找到救援队的。男人反问，你的呢？女人说，一样。男人也掂了掂女人的水壶，同样感觉到还有小半壶。他们对视了一会儿，又握了握对方的手。然后，男人站起来，转身离去。他们就这样分开了。

每走一段路，男人便扔下两块矿石，以此作为他和女人之间的联系标志。暴烈的太阳不断炙烤着男人的生命，他越走越慢，越走越慢，终于走不动了。他在茫茫的戈壁上缓慢地爬行，最后连挪动身体的一丝气力也没有了。失去知觉前，他再一次想起女人。他想，她的水，还能让她挺多久？

醒来已是第二天黄昏，他发现自己躺在救援队的帐篷里。他艰难地扭动脖子，看到女人静静地躺在另一侧，她的嘴唇裂开了一道道血口，却在均匀地呼吸。男人长长舒了一口气，幸福地睡去。

救援队其实并没有发现男人，他们先是找到女人的帐篷，然后顺着一路的矿石寻找到奄奄一息的男人。那时，女人和男人的身体极度缺水，活像两枚风干的果儿。

让人们纳闷的是，他俩的水壶竟然都不是空的，拿在手里同样是小半壶水的感觉。已经到了生命的极限，他俩为什么不肯喝一口壶里的水呢？

有人将壶塞拧开。然后，每个人都落泪了。

没有一滴水！两个水壶倒出来的，同是晶莹的细沙。

酒 驾

○陈柳金

是稻花香把我带回家的，还是我把稻花香带回家的？只记得躯壳在车上颠簸，躯壳里的心却早已飞回了家，巴望脚下装个风火轮，转眼间就能见到祖父。

祖父时常唠叨，祖祖辈辈怎么都跟大山结了怨，举着铁镐修理地球？我记住了这个“家恨”，卧薪尝胆，破釜沉舟，成为家族中第一个跳出农门的城里人。

这是我到城里工作后第一次回家，新嫁娘似的，有点儿腼腆，脸上挂个哭相，心里却在笑。第一次回“娘家”不能空着手，我就掏五十元买了一瓶稻花香，算是给祖父的礼。

祖父没啥爱好，就两样，喝酒，看书。推开门，祖父正抿着小酒，手里握一本《菜根谭》。祖父看到他的骄傲出现在眼前，喜得咕噜吞下满杯。当稻花香出现在他眼前时，他颤着手，说，还没喝过这么好的酒哩，来，咱爷孙喝一口！一口一口接一口，结果两人喝了大半瓶。我长这么大喝的酒加起来还没这次多，还是第一次空着肚子喝，我扑通一声倒在了祖父床上。

这大伢子，特不禁折腾，俺喝了一辈子还不知道醉字怎么写呢！

等我醒来后，没想到祖父也躺在了床上。

他事后说，俺原来就喝了半斤，两种酒在肚子里练摔跤，结果把俺摔床上了。

在我记忆中，祖父确实没醉过酒，这次在他喝酒史上破了纪录吧。还有一次醉酒，是他弟弟——我叔公病得快不行了，他提着那瓶喝剩的稻花香去看他。他知道，叔公爱喝两口，平日喝的都是自家酿制的米酒。趁着他还能喝，让他尝尝大伢子孝敬俺的好酒。

就那半瓶稻花香，兄弟俩从日出东山喝到大雁西归。祖父噙着泪问叔公，还有啥事放不下？叔公巴着眼，就一个，俺们打小没出过山门，想到城里看看，俺一只脚已进了鬼门关，盼不上了，你就替俺去还了这个愿吧！

祖父挂着个关公脸，高举瓶子往嘴里倒进最后一滴酒，仿佛一位即将出征的壮士，气壮山河地说，老二你放心，明天就叫大伢子接俺进城，叫他多拍照录像，把城里的新鲜事都给讲一遍。你可要挨到后天啊，俺后天就回来给你讲！

祖父从叔公家返回的路上，走得东颠西倒，像打着醉拳，要与这结了一辈子怨的大山作个临别仪式。明天，俺就要踩着你的肩、踏着你的脊走出去，到俺大伢子城里，听说那高楼比你还高，那汽车比你身上的甲虫还多，还有，那酒比……

嘎！一阵摩托车急刹声过后，祖父倒在了地上，两腿再也抻不直。

那个肇事者跪倒在祖父床前，一副任剁任剐的熊样，大爷，我喝醉了酒，没看清就……

祖父喷着酒气，厉声道，醉酒怎么还开摩托呢，你这叫酒后驾车！

心肠软的祖父一琢磨，那天自己也喝醉了，偏碰上个酒驾的，这叫不是冤家不聚头啊！

祖父没再跟他费口舌。但遗憾的是叔公的夙愿成了空，断了腿的祖父再不能亲自到城里一趟。

叔公咽气的那天，眼睛不肯闭上。祖父托我去他帐前解释了一通，还叮嘱他到了那边喝酒甭过量。

不久，祖父也去了。我在他的灵柩里摆了一瓶稻花香和一本《菜根谭》。

出殡那晚，祖父托了个梦给我：

大伢子啊，我总算去了趟城里了，到了那边也可以向你叔公交代了，但城里怎么忒多酒后驾车的？我坐那车打城里经过时，路边停了好多车，警察让车主一个个吹气，一半以上都被扣了，我很担心自己，他们却没理我。俺知道大伢子孝顺，你送俺的那瓶稻花香，俺还是等他们查完酒驾再喝吧。还有，你以后喝了酒，千万别开车啊！

我在梦里大哭，是我的那瓶稻花香害了祖父，我怎么在祖父去那头时还送他一瓶呢？

哑　女

〇张玉庭

风狂，雨猛，浪高。

洪峰刚到，奉命抢险救人的解放军就开进了村子，哑女被解放军救了出来。

那肯定是个挺结实挺腼腆的小战士，她能感觉到。比如，那小战士刚碰到了她的手，就触电似的猛地把手缩了回去。然后才一把握住了她的手，稍稍迟疑了一下，把她背了起来，转身就走。

小战士的肩膀宽宽的，小战士的双手把她箍得紧紧的。

她知道小战士极累，眼泪刷地流了下来。在小战士那宽厚的背上，她觉得特别安全，她特别想用哑语说声“谢谢”。可是不行，她没法比画，也不能动手比画：一是水流特急，不敢松手；二是即便她比画了，那小战士也看不到。

她急得直叹气，眼泪汩汩地流成了河。

水很急，小战士深一脚浅一脚地往村头的高地上，她能感到小战士踉跄的脚步，她特别想下来，可是不敢。

洪水太猛，浪头太大。

她能感到小战士急促的呼吸，一心疼，泪水也就变成了滚滚的瀑布。

突然，她仿佛想到了什么，瞄准小战士宽宽的左肩膀，狠狠地咬了一口。

小战士抖动了一下，但很快，又牢牢地站稳了。然后小心翼翼地着水，一步一挪，直把她背到了高地。她特别想看看小战士的脸，可小战士头也没回，一转身便冲进了激流中。她赶紧伸出右手，一遍，一遍，把小战士留在地上的脚印量了又量。

第二天，水退了不少，战士们就要走了。堤坝上军旗飘飘。军旗下是一排铁打的兵。

突然，就在部队迈步开拔的一刹那，哑女一个箭步冲了上来，泪汪汪地拦住了他们。

首长惊呆了，看了看她，意思是："怎么？有情况？"

哑女也就红着脸，哭着，极认真地用手比画着，描绘着那个小战士的模样。

首长明白了三分，又问了问村主任，就立刻猜到了哑女的心意。他威严地看了看他的战士，然后下了道命令："昨天进小王庄抢险的战士，立刻出列。"

一排战士站了出来，全是宽宽的肩，就像一座长城。

哑女却泪汪汪地看看首长，红着脸，求救似的指了指自己裸露出的肩膀。

首长又下了道命令："解开上衣！把肩膀露出来！"

于是哑女上前，小心翼翼地看，小心翼翼地找。突然，她一把搂住一个腼腆的小战士，泪水又一次流成了瀑布。

在小战士宽宽的左肩上，有一排细细的牙印。

小战士的脸刷地红了！哑女却突然不再害羞，她泪汪汪地抚摸着那排牙印，轻轻地帮小战士扣上了衣扣，然后走到小战士面前，深深地鞠了一躬。

小战士的脸更红了。

自然，也就在这一天，小战士得到了一双绝对合脚的布鞋，那是哑女熬了一个通宵，眼里旋着泪花花，一针一线为他做的……

念 想

〇孙春平

春节的时候，女儿从南方回来。夜里下了大雪，北方长大的女孩便如见了亲人一般兴奋，急邀昔日的同学好友去滑雪。疯跑了一天，再回家门时，女儿便将脚下的旅游鞋远远地甩到一边，又嚷着让妈妈陪她连夜去买鞋，说这双鞋不能穿了，明天同学们还有活动。她的鞋怎么这么不经穿？我抓块抹布将鞋子擦干净，戴上老花镜仔细查看，原来不过是鞋帮处绽了线，便喝止母女二人留下看电视，又翻出工具盒，坐到一边缝起来。女儿凑到我身边，笑嘻嘻地说，老爸，你的工夫怎么这么不值钱，这种简单劳动也值得你劳力劳神呀？有这时间，你去电脑前敲出两千字，兴许买双鞋还有剩呢。这话我不爱听，便说，物尽其用，当为美德。不要什么东西就知道买。当年，我上山下乡时……女儿急打断我，说，得得得老爸，你的一双农田鞋补过二十三块补丁，是吧？这话你跟我说过八百二十六遍了。消费观念也要与时俱进，这话你不反对吧？一句话堵了我个倒仰，顿时让我失去了再跟她谈论什么的兴致。

女儿却突然抓住我的手指，问这亮晃晃的是什么？我说是顶针儿呀，补衣补鞋的家什儿，顶住针鼻儿推针省力气。这也值得大惊小怪？女儿急将顶针儿从我指上褪下，拿在手上仔细观看，问这东西是从哪里搞来的？我心里越发不悦，说怎么是搞来的，当年看我从乡下一回家就补鞋，我奶奶就把这东西给了我。女儿问，那太奶奶又是谁给她的？我回忆说，这话我也问过，你太奶奶说是她结婚时，她奶奶给的。那可是你的祖奶奶了。你祖奶奶儿孙多，孙女出嫁，哪有资金再一一送陪嫁，有此一物权作一个念想吧。女儿说，那老爸把老祖宗的这个宝贝转赠给我可好？我断然回绝，说等我去见你太奶奶时再说吧。

那个顶针儿是青铜打造的，做工不算精致，但好用，尤其是戴在男人的指上，因为它比以前我见过的顶针儿要宽许多，外径也大一些。奶奶将它交到我手上时，内侧是用丝线细细密密缠绕着的，那肯定是因为过于粗大而不适合女人的纤指。奶奶的祖上是旗人，就是满族，满族的男丁要亦兵亦农屯垦戍边。我曾猜想，这粗大的顶针儿是不是奶奶祖上的哪位兵勇壮士用来缝补马鞍革甲的呢？

数月后，我为妻子补鞋，却再也找不到那只顶针儿。自然想到了女儿，打电话过去，女儿哈哈笑，说老爸呀，哪知你乱七八糟的工具盒里还藏着这般宝贝呀！我找朋友请教过文物专家了，专家说那顶针儿可能是清咸丰年间的东西，属军中用品。我又拿到文物市场去问过，人家立马开价五千元，还问我多少钱才肯出手。我心里陡地一惊，急问，你卖了？女儿说，我才没那么傻呢，我要待价而沽。我呵斥，你待什么价，沽什么沽？就是给座金山，你再回家时，也要把东西给我带回来！那是我奶奶给我留下的念想。念想无价，你懂不懂？

红莓花儿开

○田洪波

他自始至终认为，他和捷夫娜的相遇就是上天注定的缘分。

1955年秋天的那个下午，他与父亲在一株枫树下怡然自乐。父亲陶醉地拉着手风琴，而他则吹着口琴，两人配合非常默契。醉心的曲目就是《红莓花儿开》。身为研究员的他，那天正好休息，没想到黄昏时会接到一个电话，要他五点准时到北京外国研究所餐厅，与一批来华的苏联专家联欢。

那是他和捷夫娜故事的开始。很多年过去，他都很奇怪当时为什么会没什么预感。他主攻的专业就是俄语，与来华支援的专家交流，对他而言是驾轻就熟的事。席间，他与一位自称捷夫娜的姑娘坐在一起，开始了一段愉快的交谈。

捷夫娜对中国所知甚多，她和他兴奋地讲起八仙过海，讲起白娘子的传说，讲起北京的炸酱面，使他们之间的陌生感荡然无存。当随后舞会上响起《红莓花儿开》的优美旋律时，他只看了捷夫娜一眼，捷夫娜就微笑着把手伸给了他。

他悄悄问捷夫娜，红莓花开在什么季节什么地方。捷夫娜碧蓝的眼睛调皮地眨了一下，说出一句他至今想起来都不会忘的话："是哪一种树，哪一个晚上，哪一条小路上，我也不能回答。我只知道，那儿是苏联的山川原野，那儿有库班河，那儿有集体农庄，那儿有姑娘小伙子的自由恋爱，那儿有可歌可泣的卫国战争，那儿有我曾经憧憬的理想。”

他觉得这个姑娘简直太让人着迷了。更让他没想到的是，若干天后，上级派给他的苏联助手恰好就是捷夫娜。他们相见的那一刻，两个人都心领神会地笑了。自此，他们开始了甜蜜的恋爱之旅，他经常用口琴吹《红莓花儿开》，而捷夫娜则伴舞。

大家都祝福他们。在上级批准下，他们举行了别开生面的婚礼，两人表演的节目就是《红莓花儿开》，赢得热烈的掌声。可是，一切就像秋天的枫叶说落就落了，他们的孩子阿廖沙才刚刚三岁，一场突然降临的政治灾难笼罩了他们，像秋风扫落叶一样，悉数苏联专家都回国了。分别的伤痛一下子横亘在他们面前，必须离婚的上级指令使他痛不欲生。最后，在双方都接到强硬性的指令后，他们离婚了。随后，就是捷夫娜的黯然离开。

那天，他抱着三岁的阿廖沙到车站送行。几多言语几多泪，列车终于启动。他掏出口琴，吹响了那曲《红莓花儿开》，泪眼蒙蒙中注视着捷夫娜的身影越来越小。

他相信那只是一场政治风暴而已，很快就会迎来他们团聚的朝阳。可他错误地估计了形势。起始他们还能偷偷通信，后来捷夫娜就音信皆无了。他的生活变得暗无天日，度日如年，阿廖沙却在茁壮成长。而随着阿廖沙的懂事，他的压力也越来越大。阿廖沙经常会问起他的妈妈，他始终无言以对。于是，一个人的时候他就会吹琴，琴声里有他对捷夫娜的思念，有他对阿廖沙的愧疚。

他的头发斑白了。他发疯一样研究的项目取得了一项又一项成功。他功成名就，被许多人尊重，可他的脸上却从未有过阳光。

后来，连阿廖沙都会完整地吹出《红莓花儿开》的曲调了，他的捷夫娜依然杳无音讯。

阿廖沙长成大小伙了。阿廖沙开始了解父亲的故事，他感动于父亲至今未娶，把他抚养成人。直到有一天，两国冰封的大门再次打开，阿廖沙踏上了回归母亲家乡乌兰乌德寻找亲人的旅程。可乌兰乌德是一座不小的城市，要找一个人无异于大海捞针。这样，每年阿廖沙都会往返于两国之间，尽管希望渺茫。

也是他们确有缘分。一个偶然机会，阿廖沙看到一档《你在哪里》的电视寻亲节目。他联系了节目组，而节目组居然很快就传来有关捷夫娜的消息。

那正是枫叶红透的季节，他在阿廖沙的搀扶下颤抖双腿走上寻亲节目的舞台。他的捷夫娜很快从舞台的另一侧出现，她也斑白了头发，手里居然拿着一束红莓花。两个老人长久注视，然后在如雷的掌声中，慢慢将手交给了对方。泪水肆意纵横，两人却很久说不出一句话。终于，他抖动着嘴唇说出一句："捷夫娜，我爱你！"

阿廖沙哭着跪在妈妈跟前。捷夫娜把红莓花交到他手里，问阿廖沙："知道这是什么吗？"

阿廖沙哭得更凶："这是刻在我生命里的花！"现场观众被这句话感动得落下了眼泪，随着《红莓花儿开》的背景音乐，不由自主打起了拍子。

代写的情书

○Sunny

亲爱的爸爸：

我想了很久，才决定替你的妻子——我的妈妈写这封信。

她被你打动，是因为你的20封情书，从认识的那一天起，每一年的情人节。是的，我知道，最初不是2月14日，而是七夕。尽管你的情书笔迹潦草，内容又是千篇一律，20年如一日永远抄袭叶芝的《当你老了》，但，她还是喜欢的。可能你不知道，那些信她都收着，连我都不让看。没人的时候拿出来，一个人低声地读，一个人傻傻地笑。

她说不好意思让你写了20年的情书，她说接下来的20年轮到她写给你，她说她的情书会很美，如同因常年的携手而重复相叠的掌纹，是日夜相聚而相映成波的眼神，缠绵萦绕你的一生。

遗憾的是，在决定做这一切的时候，她无法亲手提笔为你书写。原谅她，她不能当面对着你说，我们都知道，你会掉眼泪的。你最近老这样，动不动就掉泪，她可不想在今晚看见你哭的样子。不好看，真的。所以，在这个夜晚，在你和她认识的第21个情人节里，在你看到的这第一封信里，这封她叮嘱我写的，我流着泪又带着笑容写的情书，请你，跟我一样，都要微笑，不管有多艰难。

谢谢你20年来为她烧的每一道菜，要知道她只会对着厨房里的一切一筹莫展不知所措；谢谢你20年里给她讲的每一个蹩脚的笑话，要知道你那夸张卖力的表情比起笑话本身来更令人忍俊不禁；谢谢你在每一个雨天撑着伞站在她公司门口，要知道什么样的感动都比不过找到一双承担风雨的肩。她有太多的感谢，只是一直放在心里，因为她以为说谢谢的时间还很长，有一生。只是她没想到，这么快，她就没机会了。

不过没关系的，她说上天待她还是不薄，起码，她牵着你的手走了20年。20年不短，不是吗？她不是可以让男子惊为天人的女子，不敢奢望爱情轰轰烈烈，有这20年的相濡以沫，她说，她知足感恩。

说到爱情，今晚，整个世界都在为爱情沸腾。但这么多的日日夜夜，她和你的话语里都没有“爱”这个字眼。从初识时那小鹿乱撞的悄悄一瞥到踏上神圣殿堂的笃定注视，她都没有说过，直到今天，她还是没有。其实她用不着说，只要她在每一夜为晚归的你留着一盏点亮的灯，只要她弯着腰仔细地为你将白发染黑，只要她偷偷地把你洗过却未洗净的碗碟再刷一遍，你就会知道，其实，爱这个字，是不用说出口的。爱情，在这纷纷扰扰的人世间，是寻找和感激的过程；她寻觅爱情于熙熙攘攘的人潮中，那惊鸿一瞥的竟是你，于是牵起手，一把青菜一条鱼，一同感激。

爱情在一刹那电光火石，在风雨过后沉淀平寂，最后演化作恩情，千丝万缕地挽着彼此。因此，要爱，那就把爱情走成恩情。要婚姻，要炊烟，要夕阳，要一蔬一饭痴儿娇女……这就是她，一个平凡女子的爱情观。

很抱歉到今天才对你说这些，不过她说，这些，你都知道。也有你不知道的，那就是在新年钟声敲响的一刻，她曾对着窗外绽放的烟火和闪烁的繁星许了个愿。她说，要有来世，要再碰见你，要再读你的情书，要亲手给你写情书。

你知道吗？她那时在笑，笑容很美，心满意足的安详，一直一直地挂在脸颊上，直到闭上眼睛，那抹笑，还在。

她说她不要在最后时刻见到你，那时两个人都好丑。你可以看她的照片，上面的她一定是笑靥如花；而她，早把你刻在脑里，永世不忘。

今晚的星空无比璀璨，在玫瑰的芳香、巧克力的浓郁和烛光的摇曳里，我代她给你写这封情书。她知道你最不喜欢她的唠叨，可是对不起，她还想最后再重复一遍：请你不要哭，她不希望你悲痛。你要相信，今晚她会回来，陪伴着你，只是你看不到罢了。既然是这样，就让我们在壁炉边拿起那首《当你老了》，你来吟咏，她说，她一定会在一旁听。

亲爱的，我年已渐老
白发如霜银光耀
唯你永是我爱人
永远美丽又温柔
……

忧伤远逝

○非　鱼

忧伤像一湖清凉的水，她就像一尾喜欢冷水的鱼。

她见过那种一长的小鱼，细长的明黄色，很缓慢地在水里游来游去。她觉得，这鱼肯定是悲伤的、无奈的，早就练就一身刀枪不入的本领，才在这海拔三四千米的高原之上，艰难地存活下来。

她的忧伤和爱情无关，尽管她早已到了该享受爱情的年龄。因为长得丑，她的爱情之花从来就没开过，哪怕是没有结果的一场梦也好。都没有。

从小她就活在两个姐姐的阴影里。两个姐姐像她们的父亲，长得枝叶舒展。而她偏偏像母亲，单眼皮，小眼睛，厚嘴唇，皮肤生了锈般黑黄，这是她唯一像父亲的一点。她常常怀疑，她根本就不是母亲亲生的，或者是父亲匆忙间的一次失误才有了她。

母亲似乎也不怎么待见她，总在抱怨：我怎么生了这么个丑丫头，将来可怎么嫁出去哦？只有父亲喜欢摸她的头，高兴的时候拍她的小屁股，夸她聪明、能干。

于是，她唯一的骄傲就是聪明、能干，她只有更加聪明，更加能干。父亲说：要好好学习，将来考一流的大学。她就拼命地学，把所有能拿的奖状都拿回家，贴了满满一墙。父亲批评两个姐姐写作业不认真，敷衍了事，她就偷偷撕下姐姐的作业，把她们写的作文拿出来念。看着姐姐气急败坏的样子，她觉得特别开心。

她考上了一流大学。她的丑在那一刻被大家忽视了，包括两个姐姐，都热泪盈眶地祝贺她，说她给家里争了光。

父亲已经退休了，笑呵呵地端起他的小茶壶，歪一歪右嘴角，从小壶嘴吸一口茶水，递给她一个MP3：丫头，奖励你的。母亲送给她一把黑亮的牛角梳：用脑太多，拿这个多梳梳头有好处。

她觉得，只有在那个夏天，才是她一生中最幸福的时候。可夏天太短暂，匆忙间就过去了，秋天的风，还有雨，长且冷，而且愈来愈冷。

大学里，同学们开始悄悄恋爱，可从没有人约她，她总是孤独地待在教室，使自己看起来很忙的样子。

四年之后，她比别人多了一张“优秀大学毕业生”证书，也因此第一个被选调到省直机关。看着那些恋爱过的同学凄凄离别，执手相看泪眼，她独自抱着膝盖，坐在她的小床上。她听见心里被某种东西敲击的声音，轰，轰，轰，一下又一下，她突然感觉很疼，哪儿都疼。

她的疼痛持续了很长时间，有四五年吧。她避免一切出头露面的机会，努力把工作干得更好，避免和年轻男同事一起出去，很小心地保护着自己的自尊。

同事也半开玩笑半认真地说要给她介绍对象，都被她婉言谢绝了，她不是不想恋爱，她怕失望，更怕伤害。

直到有一天，她独自背了行囊去旅游，看到高原湖水中的鱼，她仿佛看到了自己。这么多年，自己就像小鱼在这冷水中，一直孤独地待在无尽的忧伤里。可人毕竟不是鱼啊，不是。那一刻，她有种欲哭的感觉。

回到家，她去看父亲。此时母亲已经去世了，两个姐姐也已经结婚，过着世俗的幸福生活，父亲独自一人守着家。

父亲还喜欢摸她的头：丫头，该把自己嫁出去了。别总那么高傲。

高傲？父亲，难道你觉得我是高傲？我已经把自己降低到尘埃里了，我从来就没有高傲过，我只有自卑。父亲，你不觉得是我长得太丑，没人要？

傻丫头！世上从来就没有丑女人，只有笨女人。再说，你看看你，哪点丑了？

她不相信父亲的话，父亲从来就是爱她的，不会说她丑，可她知道自己很丑，一直都丑，从小到大。

你怎么这么固执？父亲好像有点生气，找个好小伙子去恋爱结婚。

回到单位，她对同事大姐说：帮我介绍个对象吧。她想通了，哪怕为了父亲，就算受伤也得伤一次吧。

同事大姐一脸的惊讶：真的？真的？哎呀，咱单位那么多小伙子等着呢，你总拒人千里，他们都怕了你了。

真的？这回是她惊讶了。她从来没想过会有人喜欢她。

怎么不是真的啊，瞧瞧，气质多好啊，他们都说你像三毛。

刹那间，二十多年积攒起来的忧伤分崩离析，她的心里绽放出一朵灿烂的花，如鱼儿一跃跳出冰凉的水面，沉入温暖。

会走路的棉衣棉裤

〇罗文海

济南的冬天，寒风如刀，冰冷如窖。进到班里，刚一放下背包，班长就握住了我的双手。那是一双粗糙有力的大手，像一只火炉一样，暖融融的。

一股暖流顿时传遍我的全身。

过了几天轮到我们班帮厨，连队的水管被冻住了。吃过晚饭，打扫卫生后，炊事班长又带着我们到小河里凿冰取水。冰面上很滑，我们好不容易凿开一个洞，我拎着桶去洞口取水。一不小心，我脚下一滑，掉进了冰窟窿里。

战友们连忙把我抬到连队里，脱下湿衣服，塞进被窝里。班长把我的湿棉衣棉裤拿到仓库的暖气片上去烤了。

我早早就睡着了，迷迷糊糊中突然听到“嘟——嘟——”的哨音，是紧急集合哨。

紧急集合，一个都不能少！

这时候不能开灯，不能说话，大家在黑暗中忙着摸索，我心急火燎地拿起搭在床架上的衣服，打好背包，跑出了宿舍。

站在寒风中，我才知道自己的棉衣棉裤已经弄湿了，还在仓库里烤着，可是身上这一套暖烘烘的……

不好！我穿了人家的衣服，这就意味着有一个人没有衣服穿，而要遭到连队干部的责问和训斥。我心里一阵不安。

新兵连的紧急集合穿错衣服和鞋子是常事，有的在情急之中把裤子都穿反了，“大门”开在屁股上；有的戴着人家的帽子，不是大了就是小了，戴也戴不稳，只得捂着脑袋跑。

我想，我没有犯什么大错误，心中的不安稍稍平息了一点儿。

列好队后，连队干部一个个检查装备。我突然听到旁边的班长牙齿在打架，“嘎嘎”直响，我不敢偏头看他，我用胳膊轻轻地碰了碰班长的胳膊，他的衣服很单薄。我再碰了碰班长的手，冰凉如铁。

不好！我穿了班长的衣服了。

我心里一阵冰凉。

可是，不对呀！我明明是在自己的床架上拿的衣服呀！我又瞟了瞟肩上，没有肩章。班长的衣服上是有肩章的，我没有穿错。那就怪了，这棉衣棉裤难道自己会走路?

不对，一定是班长睡觉前把他的棉衣棉裤套在了我的军装里。

我得感谢他，但是这时是不能说话不能乱动的。我的手指轻轻地握住了班长的手。班长轻轻地推开了我的手，并用冰棍儿般的手指敲了敲我的手背。我知道，这是无声的命令，叫我站好。

寒风中，班长冻得直哆嗦，但是他还像一棵树一样笔挺地站着。

这是一种怎样的煎熬，我难以想象。我心里只盼望着连队干部快点检查完，但是连队干部很是仔细，一个个地看装备都带了没有，仔细得连一个牙刷都不放过。

这时的一秒一分如一天一年那样漫长。

终于盼到了解散。回到班里，我紧紧地握住了班长的手，班长的手指都冻僵了，弯都弯不过来。班长的手彻骨之凉，但是有一股暖流却从我的心头升起。

班长松开手，拍了拍我的肩膀，并把我推向了床铺，我知道，这又是命令，叫我早点睡觉。

过了一会儿，我估计班长已经睡着了。为了防止再一次紧急集合，我悄悄起来，把棉衣棉裤套在了班长的军装里。

第二天早上醒来，我发现棉衣棉裤像自己长了脚似的，又跑到了我的军装里。

真 爱

○聂鑫森

刘立从一所大学的汽车制造专业毕业了。

父亲刘山对他说："孩子，从现在起，你该独立生活了。我给你5000块钱。以后，我就不给你提供任何费用了，你得去自谋职业。"

刘立一下子愣住了，父亲开着一家中型汽车配件制造厂，难道不需要人手吗？

刘山又说："我这里没有多余的职位，你得到外面去找。"

刘立说："我妈不在了，你对我就这样狠！"

他心里想，父亲肯定是要成家了，一定是未过门的继母怂恿他把儿子打发得远远的，将来好独占这一份不薄的家产。

刘立抹去了眼角的泪，揣上5000块钱，坐火车去了南方的一座城市。

他在一家宾馆住下来，每晚住宿费100元。白天在外面奔跑，到一个一个单位去应聘，饿了吃一份盒饭，渴了买一瓶矿泉水。他不相信一个本科生，一个威威武武的男子汉，会找不到一份不错的工作。

一个月过去了，居然就没有一个单位看上他。不，说得准确点儿，是他没看上那些岗位。人家只需要技术工人，他能下到车间去干活儿吗？

口袋里的钱没剩多少了，他急呀，急得心火比这盛夏的太阳光还要猛烈。

一天下午，当他从一家公司失望地走出来时，眼前一黑，晕倒了。

蒙蒙中，他觉得被一个矮个子中年人抱起，然后坐上了一辆出租车，飞快地去了一家医院。

醒来时，医生告诉他："小伙子，你中暑了。送你来的那个矮个子中年人，是你的亲戚？他给你把医疗费都付了，还在你枕头下塞了些钱和一张条子。"

刘立感动得哭了起来。这个矮个子中年人，与他素昧平生，这样地充满爱心。而父亲——那个英俊潇洒的男人，却对他冷若冰霜。

他掀开枕头，果然发现两千元钱和一张纸条。纸条上有几行字：不知名的小弟弟，你一定是来找工作的，我劝你别挑挑拣拣了，先找个能解决生计的地方吧。出医院向右那个街口，有一家修理行需要人。

出院后，刘立在那个街口，找到了那家修理汽车和摩托车的小修理行。这里只有一位老师傅，他既是老板又是工人。刘立请求在这里当个修理工，工资不计较，只要有地方住有碗饭吃就行了。

老师傅说："你不嫌弃，就来吧。我也姓刘，孤零零一个，正好有个伴。"

刘立成了这家修理行的一个工人，住在这里也吃在这里，干活儿很卖力。他的心忽然踏实了许多。他学的是汽车制造专业，加上刘师傅的指点，在技术上进步很快。

晚饭后，一老一少坐在店堂里，吹着咔咔响的电扇，喝着茶，聊着天儿。

刘师傅问他家里还有没有父母兄弟。

刘立说："什么亲人都没有了，我是在孤儿院长大的。"

刘师傅叹了口气，说："孩子，你命苦。"

半年过去了。

有一天，刘立上街买回一张报纸，发现上面有一则广告，一个小汽车修理厂招聘厂长，条件：男性，30 岁以下，本科学历，有一定的实际工作经验。

他对刘师傅说："我想去试试。"

"你读过大学?"

"嗯。"

"应该去！跟着我无非是混碗饭吃，你得去闯出个大天地。"

第二天，刘立去了招聘现场，先是文化考核，再是面试。然后，那些考官们异口同声地说："小伙子，这厂长就是你了。"

真像是做梦，刘立当上了这家汽车修理厂的厂长，月薪3000元。

这个本不起眼的小厂，在他的调理下，业务逐月上升。他吃在厂里，睡在厂里，很少坐在办公室，而是穿着一身工装，和工人们一起干活儿。

一年后，这家小修理厂扩充了几个车间，增加了不少员工。在本市的报纸上，出现了赞扬刘立的文章。

只有在夜深人静时，他才会想起远在千里之外的父亲。父亲是不是又成家了？是不是在甜蜜的生活中还惦记着这个漂泊在外的儿子？他好几次要给父亲打电话，告诉父亲他真的自立了，有出息了。但转念一想，算了吧，别自作多情了。

日子飞也似的过去了两年。

有一天，刘立在车间正忙着，手机响了，竟是父亲打来的。父亲告诉他，他患肝癌住了院，而且是晚期，恐怕没多少日子了，很想见他一面。

刘立的眼里立刻盈满了泪水。

刘立坐飞机回到生养他的这座城市。

在父亲的床边，站着一个矮个子中年人。刘立觉得在什么地方和他见过面。

"立儿，我恐怕不行了。在让你外出找职业的时候，我就有病了，但我没告诉你。我创下的这份家业不容易，你没吃过任何苦，要守住它，要扩展它，难呀。于是，我狠下心，把你'逼'出去。但我高薪聘请人，一直守护在你身边。”

刘立问：“是吗？真的吗?”

刘山指了指床边的矮个子中年人，问：“你认识他吗？是他把你送到医院的，是他给你留下钱和纸条，是他安排你进了那家修理行。”

矮个子中年人朝刘立点点头，说：“我一直在你身边，你的情况我每天向你父亲汇报，真的。”

刘立什么都明白了，他呜呜地哭了起来……

猫朋鸡友

○施 宁

不知何故，家中的老猫一去不复返了。偌大个院子，没了猫，总觉得缺了点什么。曾受惠于老猫的友人闻讯送来一只老猫的后裔。这只不知是老猫的孙辈还是重孙辈的猫仔，比老猫漂亮：一身黄黑相间的毛，黑处乌光闪亮，黄处缎子般油滑、金子般耀眼。一双眼睛更是美目顾盼，让人顿生怜爱之意。这只刚断奶不久的小猫，一到我家就像重返故居，满院子溜达，扑蝴蝶捉蜻蜓，忙得不亦乐乎。夜间，若有所思地瞪着眼睛，乖乖地蜷伏在窝里，出人意料地没有因孤独寂寞寻母觅兄地乱叫，第一天就得到家人的一致好评。

一天，女儿从街上买来一只小鸡，还来不及阻拦，她已将小鸡放到天井里，毛茸茸一团，就在猫的嘴边晃来晃去。眼睁睁一场猫跃鸡亡、血肉横飞的惨景将要上演，我不由自主地闭上了眼睛。谁知，好一阵不见动静，睁眼一看，那只站都站不稳的小鸡，像面对风车的堂吉诃德，正勇敢地向小猫叫阵呢。小猫耸着肩，瞪着眼，以欲跃之势，有点困惑地瞅着小鸡，拿不准该不该扑上去。小鸡那一声紧一声、娇嫩得滴得出水来的“叽叽”声，像一个个悦耳的音符，滋润了小猫，陶醉了小猫。小猫眯起眼睛，懒洋洋地伏了下来。这只不畏猫的鸡雏，见好不收，得寸进尺，一蹦一个跟头，连滚带爬地竟爬上了猫的前腿，踌躇满志地向猫的头部进军。小猫头部的位置对小鸡来说相当于一座陡峭的山峰，小鸡一次次滚落下来，可又一次次不屈不挠地向上。小猫好奇地打量着这位入侵者，好似一位兄长耐心地面对一个喋喋不休、胡搅蛮缠的小妹妹，并宽容地决定满足小鸡的愿望。小猫伸出前腿，藏起利爪，用两只厚厚敦敦的梅花掌将小鸡捧住，向上举去。小鸡站在两朵盛开的白梅花似的猫掌上，接近了自己的目标，勇敢地一跃，稳稳当当地落到了小猫的头顶上。胆大妄为的小鸡骄傲地在"老虎"师傅的头顶上踱着方步，逍遥自在地四处张望，不时还用娇黄的小嘴在猫头上啄几下。那小猫眯细着眼睛，一副小鸡在为它捉虱子般的惬意。想不到小猫和小鸡就这样奇特地完成了高山流水觅知音的交友仪式。不知是猫之初性本善，还是猫种的退化，抑或是寂寞所致，本该为敌的小猫小鸡竟成了友好相处的猫朋鸡友。

清晨，小鸡还在纸箱子做的窝里睡懒觉。小猫走过来，用前掌轻轻地推它、挠它。小鸡一骨碌爬起来，大动干戈地绕着小猫转圈子，"叽叽"叫着发脾气，好似责怪小猫搅了它的好梦。有了小猫的看管，即便开着大门，也不用担心小鸡丢失。小猫像个负责的兄长，只准小鸡在院中的砖地上撒欢儿，小鸡一有钻花丛的企图，小猫就毫不客气地用爪子左一挡右一拨，推挡防守得滴水不漏。偶尔，小鸡突破防线钻进花丛不见了，小猫马上追过去，寻寻觅觅，像老猫叼小猫一般用嘴将小鸡叼出来，毫发无损地扔到砖地上。爬起来的小鸡就像被惯坏了的小顽童，不依不饶地冲着小猫一声紧一声地叫唤，纠缠着小猫撒娇。小猫挺有耐心地伸出前腿逗小鸡，左一掌让小鸡摔个跤，右一掌让小鸡翻个身。猫朋鸡友嬉戏累了，小猫将身子松展开来，躺在地上。小鸡便乖巧地伏在猫腿与尾环出来的空隙处，或干脆伏在小猫头顶上一起打盹儿晒太阳。

中午该吃饭了，小鸡放着自己的米粒喂麻雀，偏爱从猫碗里啄食。小猫只要看到小鸡过来，马上让开。在一旁看小鸡吃它的饭，似乎比自己吃了还高兴。女儿看不惯小鸡的专横，将小鸡从猫碗旁抱开。不料，却激怒了小猫，小猫追前追后地逐着女儿叫唤，从来不放爪抓人的小猫，竟破例亮出利爪挠了女儿一把。中午时分的小鸡，最喜欢在堂屋的门槛旁蹦。进出吃午饭的人很多，一次差点一脚送了它的小命。后来，只要小鸡在门槛旁玩，不远处准伏着警觉的小猫。

黄昏时分，小鸡玩得兴高采烈，不肯归巢。小猫三扑两扑，将小鸡抓住，用那厚墩墩的双掌捧住，小心地放进鸡窝里，自己则伏在鸡窝旁，充当守护神。

本以为院中这道奇特的风景线会长久灿烂下去，所以对父亲嘱我为猫朋鸡友拍照片的事老是记不住。不料，一日回家，父亲正举刀欲宰那只长大了的鸡友，说是为了院中的菜，只得忍痛宰鸡了。我心疼地出主意：圈着养吧！父亲说这种鸡圈养准死。于是，鸡友没了。那天，猫朋满满一碗鲜鱼拌饭也没吃一口，一整天钻在树丛花草间，寻觅着它的鸡友。

“五一”是几号

〇安　勇

爹一共来过我的学校两次，两次都让我丢尽了脸面。

第一次，爹送我报到，走到学校门口，突然停下来，把行李从左边的肩膀换到右边，咳嗽一声，冲地上重重地吐一口痰，用他山里人的嗓门儿冲我吼道，老丫头，给爹念念，这木牌子上写的啥玩意儿？我看见好多道含义复杂的目光，全都落在我和爹的身上，好像我们是怪物。这些目光烤得我脸红心跳，我跺跺脚，没理爹，逃似的跑进了校园里。

爹根本没发现我已经不高兴，迈着大步，咚咚咚地从后面追上来。走向宿舍的一路上，爹非常兴奋，只要遇到人，不管人家理没理他，他都扯着嗓门儿，用手指着身边的我，自豪地说我是他的老丫头，考上了这个大学。还说，我从小就是学习的材料。最后，我实在忍不住，带着怨气喊了一声爹。爹却不以为然，在宿舍里，对同学们又介绍了我一遍。然后，爹卷一支旱烟，心满意足地吸两口，又补充道，俺家老丫头是个要强的孩子，这回小家伙有了大出息！

爹第二次来是在一年前，像现在一样，正是五一节前夕。同宿舍的姐妹们都在说“黄金周”的假期，计划着去哪里旅游。爹没有敲门，咣当一声推开宿舍门就闯了进来，惹得姐妹们顿时一阵惊呼，慌作一团——天气热，她们都穿得很少。爹一点儿也没意识到，一进门就喊我老丫头，问我，带的山野菜吃没吃光。对我说，妈让他给我又送一袋子来。我看看姐妹们，再看看爹，脸上一阵发烧。爹打开口袋，“妮子”“妮子”地叫着，用他的两只大手，从袋子里捧出一把把野菜，自作主张地放在姐妹们的床上，还不厌其烦地说，菜已经用盐腌好了，拿热水泡一泡，就能下饭。

爹送完了礼物，卷一支烟，毫不理会姐妹们捂住鼻子嘴，坐在我床上有滋有味地吸了起来。吸了几口后，听见了姐妹们说“黄金周”旅游的事，他站起身，问她们，“黄金周”是什么意思？一个姐妹憋住笑告诉他，“黄金周”就是七天的长假，可以不用上课。爹就更加纳闷儿，问，好端端的，学校干啥要放长假？那个姐妹轻声地笑了，另有两个姐妹也笑出了声。一个姐妹忍住笑说，因为要到节日——五一劳动节，所以学校才放假。爹又问，劳动节是什么节？

我无法忍受爹再这样问下去，抢着告诉他，劳动节就是全世界劳动者的节日，也叫五一节。

爹似乎明白了，点着头，反复念叨着劳动节，从嘴里吐出一口浓浓的烟，突然又问：劳动者是些啥人呢？谁答应让他们过节的？

爹这句话说完后，宿舍里的姐妹们再也忍不住，一齐发出了响亮的笑声。爹也咧开嘴笑了笑，摸着自己的脑袋问我，老丫头，那个劳动节——“五一”是几号呢？我羞愧得满脸通红，眼泪就流了下来。爹没看到我的泪水，又接着问姐妹们，旅一次游得花多少钱？

爹离开学校五天后，我收到了他寄来的300元钱，在附言里写着“旅游”两个字。半个月后，我收到了爹的信。爹不识字，信是我的小学老师代写的。在信里，爹问我，寄的钱是不是已经收到了？爹还说：爹的老丫头和别人比，不缺啥也不少啥，人家去旅游，你也得去旅游，钱可能不太够，找便宜的地方去游吧！在信里，爹还说，他知道了“五一”是5月1号，他还知道了，原来自己也是一个劳动者。最后，爹让我放心去旅游，不用惦念家里！在信纸的背面还写着一句话：祝老丫头劳动节快乐！

我没想到，暑假回到家时，看见爹瘸了一条腿。爹看见我，有些慌张，咧开嘴笑了笑，响亮地冲着屋子里喊，她妈，赶紧杀鸡，咱老丫头回来了！

妈告诉我，爹的腿是在崖上采山野菜时摔断的，那面崖很陡，但长的野菜很新鲜，一看就知道能卖好价钱。妈还说，你爹盼着多采些野菜，好快点还上那300元钱的债！

爹从此再没来过我的学校。

我们的爱情

〇邓洪卫

1987 年，我读高二，我的心里忽然起了微妙的变化。

我的变化首先被蔡小毛虫看出来了。蔡小毛虫真他妈的是只小毛虫，一个劲儿地往别人的心里钻。蔡小毛虫悄声对我说，你这阵有点儿不对劲呀，是不是爱上哪个小妞啦?

见我没言语，蔡小毛虫又说，是爱上胡小月了吧?

蔡小毛虫的感觉是灵敏的，我真的爱上胡小月了。爱上胡小月缘于前不久班级举办的国庆晚会，文娱委员胡小月以她优雅的舞姿和甜美的歌喉倾倒了我。我来自农村，我对城里的女生一直持一种偏见，认为城里的女生娇气、做作、孤芳自赏。可是，胡小月以她的优雅大方和多才多艺，将我可笑的偏见无情地击溃。

蔡小毛虫说，喜欢胡小月的人多着呢，哪轮到你?

蔡小毛虫的话是对的，确实已经有好多双眼睛盯上胡小月了，其中有几位还颇具实力，是县里主要人物的公子。我一个农民子弟，希望是何其渺茫呀。可我不甘心，我决定主动出击。那时，我已经熟读罗贯中先生的《三国演义》，我决定用一回计谋了。

首先，我观察到胡小月喜欢电影，还订了全年的《大众电影》。我想，我应该想办法跟她接近，赢得她的好感。首先，跟她借《大众电影》看，营造出兴趣相投的氛围，然后约她看场电影，岂不大功告成?

那天下了晚自习，我跟着胡小月走到车棚。胡小月将她的自行车推了出来，我也推出我的自行车。我正要踏上车，就听胡小月轻轻地叫了一声，糟了。我问，怎么啦？胡小月说，车链不知怎么掉了。我一挥手说，不要紧，不就是掉链了吗？我帮你上一下吧。我俯下身去，摆弄了半天，弄得满手油污，才上好链子。我们没有骑车，而是推着车往回走。到了校门口，胡小月还跑到小店里买来两瓶矿泉水。

胡小月的家住在党校大院，她的父亲是党校教师。到党校门口的时候，我说，能借本《大众电影》给我看一看吗？

胡小月说，那你在这里等一下。

看着胡小月拐进了院子，我的心里甭提多高兴啦。可能是水喝多了的缘故，我感到下腹有点鼓胀。我看到旁边有一棵白杨树，便走过去对着树尿起来。忽然，我发现树后有一个黑影。我一惊，拎起裤子，定睛细瞧，好像是蔡小毛虫。我正要说话，听见院内有脚步响，赶紧回到门口。

胡小月将书放到我的手里。我问，怎么这么厚呢？胡小月说，是合订本。你慢慢看，看完了，我再拿新的。胡小月说完就回去了。我到白杨树后面一看，那个黑影已经不见了。晚上，我将《大众电影》翻了一遍又一遍。

几天后，我将书带到学校，放在抽屉里，准备下晚自习时找机会将书交给胡小月。可是下了晚自习，我打开抽屉，发现那本书不见了。

我急得不得了，悄悄问胡小月，书是你拿去了吗？胡小月说，我怎么能到你抽屉里去拿书呢？我分明看到了胡小月的眼里掠过一丝不快。胡小月最喜欢《大众电影》了，她把这本书借给我，是对我多大的信任啊，可是，我却把它弄丢了。更让我难以启齿的是，我在书里还夹了一封信，信上只有一句话：小月，星期六晚上，我请你看电影好吗？信里还夹着一张电影票。这要是落到谁的手里，送到班主任老秦那儿，后果不堪设想呀。

我担心的事终于发生了。那天早自习，老秦走到讲台前，严肃地说，我们班上有个别男生，思想存在严重问题，竟然约女同学看电影。我不点这个同学的名，我希望这个同学能悬崖勒马。

老秦说这番话的时候，我的脸一下子红到了耳根。

后来，老秦又让我搬到集体宿舍来住。老秦说，你的基础还是不错的，要好好学习，即便第一年考不上，复习一年，总还是能考上的，千万不要自毁前程。

两年后，也就是高考结束后，我收拾东西准备回家时，突然，从蔡小毛虫的枕头下面掉下一本厚厚的书来，我一看，正是那套《大众电影》。

那一年，胡小月考上外省的一所戏剧学院。我和蔡小毛虫第二年才考上大学。后来，我们各忙各的事，彼此断了音讯。

不久前，我们几个男同学聚会，有人问起胡小月。蔡小毛虫说，胡小月去年才结婚，丈夫是戏剧学院的老师。那老师是个有妇之夫，他答应离婚娶胡小月，他拖拖拉拉离了十年，胡小月就死心塌地等了十年。

蔡小毛虫说着，仰脸给自己灌了两大杯。

一方红围巾

〇屈绍龙

那年，我 20 岁，考上了北方的一所大学，读中文系。班里一共有 16 个女生，我与艳最要好。她长得很美，身材苗条，面容清秀，却天性固执，从不肯跟男生多说一句话。

两个漂亮女生走在一起，永远是一道亮丽的风景线。但我不喜欢与艳并肩行走，不是不喜欢艳，而是不喜欢那种感觉。男生总是带着十分欣赏的眼神，先盯着艳，而后才留意我一下。只有一个人例外，那就是峰。

峰是高年级男生，长得英俊潇洒。他见我们时，总是微笑地看着我说话，偶尔瞟一下艳。艳也不大跟他说笑。

我常偷偷对艳说："峰真的好潇洒。"她总是一副不以为然的样子，有时会开玩笑说："要不要我帮你们牵一下红线啊？"我羞红了脸，转过身假装生气："不理你了。"

情人节到了，我收到一束红玫瑰和一个花篮。花篮是浩送的。浩是我的同学，无论过什么节，总忘不了送我礼物，连"三八"妇女节也不例外。

那束玫瑰是峰送的。为了遮掩一脸的羞涩和不安，我手忙脚乱地去找花瓶，不是碰翻了凳子，就是打碎了水杯。艳笑得直不起腰："走开，走开，我帮你找吧。"艳找来一个瓶子，倒了一些水在瓶中，将花插进去。我愣愣地盯着含苞待放的玫瑰，不敢相信自己的眼睛。

峰那时已办好出国留学的手续，就要走了。我决定给他织条红围巾。他曾说，男孩子围上缀着流苏的红围巾，最帅气。

我买来细细的羊毛绒线，坐在床头，一针针织起来。寝室里的女孩都知道我为峰而织，天天戏说万里红线织成的“爱心牌”围巾，定能温暖游子的心。我淡然一笑，心中却有一汪淡淡的忧伤在幸福之水中荡漾开来：如果一根红线真的能拴住一个人的心，如果上苍真的能赋予红线如此神力，可千万要把我的峰，从大洋彼岸拉回来。

围巾织好，我细心地在两边缀上长长的流苏，美极了。艳一直默默地看我做完这一切，淡淡地说：“真漂亮。”

我拿出一张卡片，在上面写上：一生暖君心。意犹未尽，又添上三个字：勿忘我。本来打算把卡片夹在围巾里，但怕不小心丢掉，就向艳要个精致的信封。艳让我自己拿。我拉开她的抽屉取了一个信封，发现里面已经装了一张小卡片，上面写着——

赠艳：

情人节快乐！

峰

我觉得大脑一片空白，对着艳的背影发呆：原来送花的送错了对象；原来她什么都知道；原来我这么傻；原来艳在帮我插花时，偷偷把卡片藏了起来，她是怕我受伤；原来峰并不……一连几天，我变得沉默、孤寂。艳也缄默不语。

峰走的那天，我想叫艳一起去码头，可惜没机会——她一大早便告假走了。我只好一个人去送他，捧着那条红围巾。

四周一片白，北方下起入冬以来的第一场雪。峰正站在一群人中，跟他们道别。我揉揉发红的眼睛，挤出一丝微笑，走上前去。峰诧异地盯着我，咧嘴笑道："怎么，变成兔子眼了?"他一定觉得奇怪，为什么艳没跟我一块儿来。

轮船即将起锚，艳还是没来。峰站在甲板上，焦虑的目光时时掠过人群。我怎么也下不了决心将红围巾交给他。

峰终于失望地垂下眼睑，跨出一步。我胸口一阵抽搐。"别了，峰。"我在心底拼命地狂呼，喉咙却好像被人死死卡住，发不出一丝声音。我冲上去，飞快地将红围巾塞给他。

"这是她叫你送来的吗?"峰停住脚步，失神的眼睛重新闪着光，腾跃着幸福的火花，"你干吗不早说呢？你呀你，真是个小傻瓜……"

轮船起航，消失在暗蓝色的海上。峰走了，带着我的那条红围巾，走在异国他乡的寒风中。峰一定围着那条围巾，美丽的流苏飘扬在胸前。最重要的是，峰还怀揣着那张卡片：一生暖君心。勿忘我。

十年后的今天，我接到艳的电话。她说峰要回来了，请我一块儿去接他。我默默地听着，艳也沉默良久。末了，艳哽咽地说："谢谢你的……红围巾。"

我缓缓合上手机，流下十年来的第一串泪珠。

雨伞下的恋爱哲学

〇赵全功

我的大学是在多雨的南方读的。

懵懵懂懂过完了大一，寝室教室图书馆三点一线，单调枯燥得我肠胃都不好起来。

大二时，青春的激情呼呼往上冒，怎么也摁不住。我决定：再也不能这样过。

第一次约会就碰上个雨天。我拿了两把雨伞去赴约，当我把雨伞递到女孩手里时，她说声“谢谢”，就把伞撑到她的上空。第二次约会，女孩还没带伞，她接过我预备的雨伞，说：你真细心。第三次，我在自己的伞底下，照旧把伞递过去。她一声没吭，撑着伞大步朝前走，我追都追不上，并且一直也没追上。

大三时，又与一个女孩约会，还是下雨天。我就只带了一把伞。女孩虽然大方地置身伞下，身子却总是不经意地往外扭。我尽量把伞往她的天空摆，却还是遮不住四面的风雨。我们匆匆逃回了各自的领地。第二次约会，是猝不及防的雷雨，我们只能撑一把伞。她没说什么，我们默默地挤在伞下，互相听着对方的心跳。第一次近距离挨着她，闻着她幽幽的体香和香水味，我有些意乱情迷。第三次，当我撑着雨伞，喊她的时候，她竟然没听见似的，埋头往前走。我虽然追上了她的人，却再也没有追回那颗正在彷徨准备靠岸的心。

女儿心，似海针，真是太难捉摸了。我抓着头发，仔细总结两次失败的教训，却百思不得其解。

大四的晚上，我独对孤灯，看着室友们空空的床铺，胡思乱想着他们的浪漫，强烈的紧迫感油然而生。我一头扎进图书馆，从普通心理学一直研究到爱情心理学，然后昂首挺胸约会去了。

我带了两把雨伞，女孩说声“谢谢”，就撑开雨伞，挡住了风雨。第二次约会，又是雨中，我替她打开伞，撑到她的上空。她横来一眼微笑，说：像你这样细心的人真是不多了。第三次，我们去校外看电影，是那时风行的《霹雳舞》。我们一直都陶醉在音乐和舞蹈的激情中，等到散场，才发现外面已是风雨交加。我举举唯一的一把伞，问怎么办。走啊，总不能住这儿。她说。

一踏进风中，雨伞就随风狂舞，变化出各种奇异的形状，完全忘记了自己的防雨功能。风雨毫不犹豫地裹住了我们，先是裤脚，接着上衣，一片片蚕食鲸吞起来。我一点都没犹豫，拉着她的手，一路狂奔。

到了她寝室楼下，我们的衣服已全贴在身上，雨水还顺着脸往下流。我看她一眼，伸手替她理理沾在额前的头发，轻声问：冷吗？嗯。她点点头。回去盖厚点儿，暖一夜就好了，走吧！我在她背上拍了一下。她走了两步，又转过身看我一眼，才坚定地走了。

第二天晚自习，我走到她桌前，展开一幅画：风雨之中，两个人，一把伞，脚下长长的石板路……落款：人生风雨路，我俩牵手行？她看完画，头也没抬，移过正在写作业的笔，挥手写下：同意。阿兰。

毕业了，几经周折，我和阿兰才分到一个城市。不幸的是，在车站送行的泪眼中，我把我们爱情的证物——雨伞丢在了候车室的长椅上。心情平静下来后，我懊悔地向她检讨。阿兰握着我的手说：伞丢了，我不是还在吗？说完，她挤着一只眼睛逗我。

踏上社会，我们都在适应。约会少了，但是我们的情还是浓浓的。

北方也下雨，而且是急风骤雨。那个黄昏，我买了把伞去接她。雨越下越大，我尽量向她倾斜，还是淋湿了她，也淋湿了我。

雨过天晴的一个晚上，我们很自然地谈到那场雨。我说：我只想重温当年的浪漫。阿兰的语气中就有些调侃：毕业一年多了，你还是这样不合实际。连自然的风雨都挡不住，如何抵挡比这强烈无数倍的社会风雨？一个男人，一直长不大，太不可想象了。她说着，一边晃着脑袋。

我理直气壮地说：一个女孩子，还没有结婚生子，就这样功利和现实，没一点情调，那人的一生岂不太没趣味了吗？

后来，我们的爱情也丢失了，像丢在车站的那把雨伞。

达拉的墓碑

○凌仕江

一块墓碑。

在荒原与雪山之间。

后边，是一棵孤独的树。

墓碑上写道：达拉之墓。

达拉是谁？在通往墨脱的边地察隅旅行，我为墓碑上的名字停了下来。几个红字就像滴血的眼睛深深地凝望着你，让人无法抽身而去。微凉的阳光从树枝间冷冷地砸到青岩石的墓碑上，一阵寒意顿时从头顶蔓延到脚尖。

坐下来，坐在风的怀抱里。不经意间转过身，看到墓碑后面还有一排排细小的文字，原来，达拉不是一个人，而是一匹马。

一匹在恶战中救了一位年轻人性命的马。

1999 年，有两个步行去墨脱探险的年轻人行至这里，路越走越窄，几乎到了山穷水尽的地步。更为惊险的是，山上的积雪不断融化，流淌在狭窄的山路上，行人稍不留神就会滑落到深深的山谷。两个年轻人只好卸下肩上的行李，愁眉不展地坐下稍事休息。就在这时，不知从哪里钻出一条大蟒蛇，像猛虎捕食一般向他们袭来。尽管他们打着八路军式的绑腿，尽管他们用专业的探险装备把自己包裹得严严实实，但埋伏已久的蟒蛇依然所向披靡，一往无前地缠住了其中一个人的身体。他尖叫了一声，就再也说不出话来。这条蟒蛇足有碗口粗，它就是要将人活活缠死，然后一口吞下肚。

很快那个被蟒蛇缠住的年轻人便趴下了。另一个人吓得不停呼喊：救命！救命呀！

这时，山下的牧马人闻声赶来。他见状大声惊呼：快，快，抬石头去砸蟒蛇！坐在地上的人慌忙起身，颤抖着双手和牧马人一起抬起一块沉重的石头，狠狠地向蟒蛇的头部砸去。蟒蛇将头猛地一缩，尾巴绕出几个麻花圈，像一根有力的牧鞭甩出一记脆响，两人顿时被铲到了几米之外，当场晕厥……

就在那个年轻人即将被蟒蛇吞掉的一瞬间，这匹名叫达拉的马出现了。它将右前蹄伸入蟒蛇的嘴里，还死命地往蟒蛇的咽喉里钻！鲜血从蟒蛇的眼睛、脖子、肚皮上不停地涌出来，被困者获救了。

达拉作为这块土地上的“土著居民”，像素质过硬的特种兵一样，成功地痛击“入侵者”，让蟒蛇伤痕累累。一场苦战之后，不知为何，达拉转身的一刹那，忽地摔下悬崖，掉进滚滚河水中，当即殒命。

三个人，呆在那里，直到天黑也没离去。他们决定，要在此地，为马立碑。

我伫立在一匹马的墓碑前，默然地读着这些碑文背后的惊心动魄，心里很不平静。在墓碑前流连一个下午之后，我穿过灌木和荒草，沿着马车轧过的小路，找到了那个牧马人。当时，他正手持注射器，给生病的小马驹打针。

谈谈你的马吧——那死去的达拉。

达拉其实是一匹很不合群的野马。老牧人充满感情地介绍，我看见它在草地上游荡，时而隐身，时而出现，就看出了它的心事，它很想加入我们的队伍。我考虑了多日，终于说服我的马群接纳了它。起初，我的马群都很不喜欢它，因为它的颜色和它们不一样，看上去特别显眼。我多次劝说，让它回到以往的自由中去，可它总是摆摆头，死心塌地留在我身边。都快半年了，我知道它是回不去了，可马群依然不怎么亲近它。于是，我成了它唯一的依靠，无论什么时候，无论我走到哪里，它都跟在我身边。要不是它太依赖我，就不会发生那样的事儿。

老牧人的话，越来越沉重。他仰望苍穹，甩甩头，一脸苦涩、遗憾，达拉并没有带走他的爱……

职 责

〇北 方

父亲在一个偏远的小火车站整整干了42年，从信号员干到小站站长。

母亲去世很早，我从小是在父亲背上听着火车汽笛声长大的。

父亲退休那年，我考上了省城的警察学校。离家那天早晨，他要亲自送我上火车。父亲的话很少，只是火车开动的一瞬间，站在月台上的父亲仍然和从前一样立正敬礼。

当警察是我多年的一个梦想，三年的警校生活结束后，我被分配到铁路沿线的一个派出所当民警。我测算了一下，那里离我家整450公里。派出所只有三位民警，所以，我回家的机会很少。那年秋天回家，吃过晚饭，我见父亲郁郁寡欢的样子，忙问他怎么了。他说："我这辈子听惯了火车的汽笛声，闻惯了车厢气味。现在一切都没了，这样的日子有啥意思?"

几天后，父亲突然对我说："走，帮我干点活儿。"我茫然地跟着他来到离家不远的铁道旁。那是一段废弃的铁路支线，铁轨和枕木早已被野草遮住，一节破旧的火车车厢沉默地在秋风中肃立着。

父亲说："这节旧车厢是最近淘汰下来的，我跟领导央求了半天，让他把这节车厢卖给我。最后，领导说，行，你在铁路待了半辈子，就把它当纪念品赠给你了。"父亲说着，脸上露出孩子般的微笑。

我和父亲用了三天时间，把那节旧车厢里外擦洗一新，然后刷上了深绿色的油漆。最后，父亲还在车厢内钉上了“车厢内严禁吸烟”的警示牌。

此后，父亲时常在闲暇的时候，坐在车厢里，一边听着远处传来的汽笛声，闻着他熟悉的车厢味道，一边把整个车厢打扫得干干净净。

第二年的夏天，我回家探亲，天空正淅淅沥沥地飘着小雨。我下车后，直奔父亲的车厢。远远地，我看见父亲苍老的身影出现在车厢的门口。走近了，只见身披旧铁路服的父亲，坐在车厢的阶梯上抽着烟，细细的水流顺着他头上的塑料帽檐缓缓地流到他的身上。

我不知何故，忙问道：“爸，您干吗坐在这儿？快进车厢里抽去吧。”

父亲猛抬起头，看到是我回来了，惊喜立时点亮了他浑浊的双眸。但是，一瞬间，他和蔼的笑容忽然凝固了，接着轻声对我说：“这里是无烟车厢。”

藏羚羊心中永远的裂痕

〇杨欣　周浩

年复一年，母藏羚羊在可可西里深处的神秘之地集中产羔后，又带领着刚出生的小羊长途跋涉返回各自的故乡。8 月初，成群的母羊和小羊聚集在青藏公路的西侧。

8 月 13 日，我随志愿者进行例行调查。在距长江北源的楚玛尔河不远处，发现一 60 余只的藏羚羊群正战战兢兢地接近公路，我们远远停车观察。每当青藏公路上汽车呼啸而过时，靠近公路的羊群就赶紧掉头逃离，待汽车走远后，再接近公路，汽车来了又跑……

来往无数次后，繁忙的青藏公路终于有了暂时的平静。一只胆大的母羊爬上了两米多高的路基，站在路边四处张望，跟在后面的羊群不知何故，突然又吓得掉头狂奔。那只在公路边上的母羊没有胆怯，稳稳地站在那里。榜样的力量是无穷的，羊群很快收住了脚步，又都掉头走向公路，有更多的羊站到了路基上。

藏羚羊是青藏高原上速度最快的动物，可以以 80 公里的时速在高原飞奔。我以为它们在确认没有危险后，会以最快的速度冲过公路。没有想到藏羚羊面对公路就像面对一条悬崖上的钢丝，一盆滚烫的炭火，路基上的羊足足几分钟不敢踏上公路。

我们的心都提了起来，不停地默默催促，公路现在很安全，快！快！快过！同时也不停地祈祷，千万别来车，别来车。

还是那只胆大而又勇敢的母羊率先踏上了黑色的沥青路面，但动作格外谨慎缓慢，每一步都在试探，10米宽的公路走了很长的时间。

第一只羊总算过去了，当脚一离开公路，立刻就恢复了藏羚羊的本性，以惊人的速度跑下路基，狂奔到远离公路的安全地带。接着一只又一只藏羚羊效仿着慢步跨上公路，期间不少胆小的藏羚羊受各种因素惊吓，不时又从路基上跑回去，甚至到了公路中间后，也有往回跑的。但看到大多数的藏羚羊都在坚定向前，回头的羊又都立刻返回，公路上一片混乱。

最后，大部分藏羚羊跨过了公路。剩下几只小藏羚羊实在是连走上路基的勇气也没有，望着公路另一侧的羊群，绝望中向着相反的方向跑去。

它们的母亲没有忘记它们。走过公路的羊群中，有三只母羊突然间扭头返回，又艰难越过公路，向逃走的孩子们追去。

三只母羊很快追上各自的孩子，并带着小羊再次接近公路，其中两只母羊成功带领自己的孩子跨过公路，追上羊群。还有一只小羊站在路基上，怎么也不敢踏上黑色的路面，任凭母羊来回在公路上引导、鼓励。

就在这时，一辆小汽车从远处飞驰而来。我扔下相机，站在公路上不停地向汽车挥手，希望它能停下来，但汽车还是从我身边呼啸而过，向着公路上的藏羚羊母子冲去。

母羊望着迎面而来的汽车，顽强地站在公路一侧。汽车没有减速。在最后的瞬间，母羊才绝望地丢弃自己的孩子，冲下路基，带着惊吓和悲伤狂奔而去……

那只小羊，则在惊吓中跑向另一侧，随着几只没敢跨过公路的小伙伴慢慢消失在遥远的天边……

望着渐行渐远的小羊的背影，我似乎听到几个没娘的孩子的哭声。失去羊群的保护、没有母亲的奶水，它们能平安度过今夜吗？

我们在原地站了很久，希望母羊能再次跨越公路，去寻找它的孩子。但羊群却绝尘而去。

也许，这只母藏羚羊对公路的恐惧，已让它精神濒临崩溃。

几十只藏羚羊跨越10米宽的公路用了近一个小时。我没有想到，每年在产羔期间的千里迁徙中，面对青藏高原最恶劣的自然环境毫无惧色的母藏羚，在面对人类构筑的公路时是如此的恐惧和软弱。将来它们面对更加难以逾越的铁路时，又当如何呢？

山坳里的“电工”

〇张　震

那是一个只有十几户人家的山村，坐落在太行山深处的山坳里。

我走进这座山村，已近黄昏，便寄宿在一个于姓大娘的家里。于大娘家三间土屋，有一个三十多岁的儿子。于大娘告诉我，她的儿子给村里送电去了，一会儿就回来。说到电，我这时才发现，天虽然已经黑了，但这个小山村里的十几户人家，竟没有一家亮灯。又和于大娘说了一会儿话，说着说着，周围邻居的灯都同时亮了，于是，于大娘也把手伸到门后，摸着拉线，拉亮电灯。

我安顿下来，于大娘送来了开水。洗完脸，烫完脚，端起木盆，正准备跨过门槛把水洒到门口时，我看到在昏暗的灯光中，走过来一个头戴安全帽、腰系电工带的人影，那个人影朝我这边走来，嘴里还哼着山西小调。我立即意识到，这个人可能就是于大娘的电工儿子。他走到我面前，我这时才看清，他并不是真的电工，头上的安全帽相当破旧，而且是柳条编的；腰间的电工带，也是黑布缝的，工具袋里除了一把钳子是真的之外，其他位置皆插着树枝。说实话，我也在“电”上工作了二十多年，我还真没见过这样的电工。

于大娘的儿子朝我看了看，我露出笑脸，刚要开口和他套近乎，他却一扭头，连看都不再看我一眼，就跟没我这个人似的，径直跨过家门，走进了里屋。站在屋内的于大娘看到这一切，望了望儿子，又看了看我，长叹了一声。山村里的月亮很好，山村里的月亮，就像一枚别在黑绸缎上的银亮的徽章。在于大娘的屋外，我和于大娘坐在石磨上，谈起了她的“电工”儿子。

于大娘说，这孩子五岁那年，他爹就没了，那时我们这个山村穷，祖祖辈辈没有用上过电，很多人临死都没见过电灯啥模样。这孩子从小就不爱说话，总梦想有朝一日，能亲手为咱这山村把电通上。他从小就发奋念书，可是怎么考都考不上个能当上电工的学堂。后来，有个远房亲戚把他介绍到镇上当个“爬高杆”的电工。没想到，才干了两天，他就被电线杆子砸到了头，在床上一躺就是二十天，人是活过来了，脑子却坏了，他把所有的事都忘了，唯有当电工没忘。

于大娘又深深地叹息了一声，沉默片刻，说，那阵子他整天在嘴里念叨他是个电工，谁要是和他说真话，他就会没完没了地跟别人争执。没办法，村里人只好承认他是“电工”。后来，我央求两个木匠，在一片朝阳的山坡上，用木头为他搭了一座“铁塔”。后来，我又熬了几个晚上，为他缝了“电工带”，走了二百多里山路，到城里向电工求来了柳条帽。于大娘说着，抬手指了指那块朝阳的山坡，我顺着于大娘的手势借着月光看到了不远处，有一座像玩具一般的木“铁塔”，在银白的月光下特别醒目。

你这样做就是为儿子能像个真正的电工吗？我问。

是的，只有这样，他才能平静下来，才能高兴起来。于大娘边说边回头望望里屋，见里屋的灯已经熄灭，知道儿子已经安睡，又说，我听城里的郎中讲，只要这样坚持下去，只要他的情绪长期稳定，过好每一天，他会好起来的，会恢复原样。

听完于大娘的讲述，我的确非常同情这对生活在山坳里的有着悲剧命运的母子，我也承认于大娘是个用心良苦的母亲。但是，就算她那个“电工”儿子，自己坚信不移，村里的人能配合吗？我想，村里的人不可能把这事当真，甚至会仰起讥嘲的脸。可是，我错了，我看轻和低估了那些最淳朴的山民，我看到了最能打动我的一幕。

第二天，当我背着相机，拖着疲惫的身子，从大山的更深处归来，天已渐暗。当我再次走进这个小山村，这里的十几户人家，仍然是没有一家亮灯。我放下行装，看见家家户户都有人站在门口，朝着那个朝阳的山坡凝望。我转过身来，看见于大娘的“电工”儿子，正在那座木“铁塔”的顶端，一板一眼地接着“电线”，所有的人都在专注地看着他，看着他认真而又熟练地“作业”。最多也就一分钟吧，于大娘的儿子完成了“送电”，他举起手臂，一丝不苟地向所有等待的人挥了挥手。于是，站在门口的人们，就像尽职的群众演员一般，回屋拉下开关，一瞬间，山坳里明亮了。

就在这一刻，我对这里所有的山民肃然起敬，我真的没有想到在这偏远的大山深处，在这片贫困的山坳之中，也有人世间最伟大的理解，而且这种理解，是我在所谓的富裕的城市中从来不曾见到过的。大山之中的善良和爱是那么的崇高和圣洁。

爱心字条

○葛取兵

母亲依旧很清晰地记得，那也是一个有月光的晚上，村子沉浸在甜甜的梦乡中，安安却独自一人在皎洁的院子里走着方步，脚上穿着一双崭新的白球鞋，而平平却睡得正香甜，脸上洋溢着幸福而满足的微笑。平平与安安是一对双胞胎兄弟。

过两天就是“六一”儿童节，平平与安安同时入选了校广播体操代表队，马上要参加全县的体操比赛，要求每人都得穿上白球鞋，可家里穷，一家人靠父亲在外打短工养活。母亲生兄弟俩时血崩，差点儿送了性命，再也干不得重活儿了，只能在家做点家务活儿。

买一双球鞋要一百多元，两双要三百多元钱，哪里有钱哩，做母亲的便说，买一双吧，兄弟俩就去一个吧。

兄弟俩很懂事，默默地点了头。谁去？平平便做了两个字条，兄弟俩抓阄儿。结果安安抓的纸条上写着“去”字，一下子跳了起来，那高兴劲儿，嗨，别提了。毕竟是最后一个儿童节了，安安心里那舒服哟！晚上，安安穿上白球鞋在院子里认认真真做了一遍广播体操。

做母亲的心痛，做父亲的心更痛，第二天一大早便去医院卖了300CC血，又买了一双球鞋，让兄弟俩都高高兴兴参加了体操比赛，还获得了集体一等奖哩。那一天兄弟俩真的是快乐如风。一晃三年了，兄弟俩初中快毕业了，马上要考高中。兄弟俩比赛似的读书，暗暗较劲儿，嚷着要考县重点高中奥赛班。老师家访时说，没问题，三年后一个考清华，一个考北大。说得兄弟俩有点儿不好意思了，小脸上都飘着红晕。其实心里高兴着呢！

可偏偏在这节骨眼儿上，先是平平突然感觉到不舒服，过了没有几天，安安也说头晕。做母亲的嘀咕道，怪，这兄弟俩连感冒也攀比。可是这感冒药吃了针打了，就是不见效，上医院一查，白血病！

母亲的泪流干了，治一个都要几十万不说，还要找骨髓。

父亲没命地到处寻活儿干，哪里挣得到这么多钱？世上还是好人多，社会捐助如雪花飘来。雪中送炭哟。钱差不多，可要找一个相配的骨髓更难！医生说，最佳治疗时机是在一个月内进行骨髓移植。

终于找到了一个相配的骨髓。一个！医生说，只能给一个人。

给谁呢？

安安说，哥，咱们抓阄儿吧。

平平默默地点点头。安安从作业本上撕了一张纸做了两个阄儿。

两个纸团静静地躺在安安的掌心。

安安说，平平，上次抓阄儿是我先，这次你先抓吧。

平平呆了半晌，拈了一个，打开一看，红红的一个“去”字。

平平哭了，哭得很凶，如波涛汹涌。安安说，哥，咱等着，一定还有机会，咱还得上清华哩。平平被推进了手术室。

晚上，安安睡了，睡得很香很香。母亲洗衣服时，安安口袋里的那个纸团依旧静静地躺着。母亲打开一看，白白的字条上很执著地写着红红的“去”字，与平平抓到的一模一样。一串清泪潸然而下，把这个有月光的晚上浸洇得湿漉漉的。

惊心动魄的初吻

○赵　丰

十二岁那年我吻了表姐。

那是我的初吻，惊心动魄。

十二岁还是个连酸涩都谈不上的绿苹果，挂在树上一点也引不起人的欲望。但它有属于自己的梦，一种飘忽、荡漾的梦。

暑假，我去老姨家。通往老姨家的路漫长而坎坷，像我曾经做过的一个悠长、无休无止的梦。我在路边看见了两只狗，它们互相嗅着对方的尾部，让我感到害羞，当然还有朦胧的激动和想象。我从长辈们的玩笑中获得了最初的性意识。

大姨家终于到了。那是两间土坯的瓦房，檐下挂着鲜红的辣椒，还有很长的玉米辫。表姐从门里迎出来，抚摸着我的头发。表姐大我三岁，长着一双被我刚读过的一本书上描述的那种黑葡萄一般的眼睛，还有两条长辫儿。那时我认为表姐就是美人。表姐有很多书。我喜欢去大姨家的原因也在于那些书。

记不清中午吃的什么饭了。吃饭对我实在没有什么诱惑。午饭后，表姐到她的房间午休。我羡慕表姐的理由就是她一个人拥有一间小屋。表姐睡在炕上，她当然对我没有丝毫的戒备心，微笑着让我坐在炕下的木凳上读她的书。什么内容的书我一点印象也没有了，因为很快表姐就响起了轻微的鼾声。鼾声很温柔，也很亲切，我就止不住地看表姐的睡相。她的睫毛很黑、很长，让我忍不住亲吻的欲望。我小心翼翼地站起身来，趴在炕沿上凝视着表姐的睫毛。终于，我屏住呼吸，在表姐的睫毛上吻了一下。

表姐本来是侧向炕沿睡的，被我吻过之后呻吟了声翻过身面向墙壁。那一刻，一切都静止了，只剩下全身痉挛着的我，巨大的恐惧感让我颤抖着，五脏六腑都要抖出来。我尿湿了裤子，贼一般跑出了表姐的闺房。

大姨的屋后是一面山坡。坡上除了树木、荒草，还有野花。躲进草丛中我哭了。我干了一件世界上最无耻、最下流的事情，我怎么能吻表姐呢?

我在山坡上藏了一个下午，鸟和虫的叫声我都认为是在嘲笑我，指责我。阳光也在诅咒我。那个下午是那样漫长，十二年的岁月全部凝聚在那个下午了。

傍晚吃饭时，我鼓起勇气走下山坡。那种勇气对一个十二岁的孩子是那么艰难。表姐见到我惊讶地问：一个下午你跑到哪儿去了？她眉宇间洋溢着的爽朗，让我终于放下心来。

直到现在我仍然无法断定表姐是否知道我吻过她。如果她知道我吻了她，这么多年她为什么没有点破呢？我的那一吻会在她的精神世界中占据怎样的位置呢?

从那个吻后，我渐渐长大了。我自觉地与所有的女性都保持着距离。我知道吻和被吻都是一件惊心动魄的事件。直到十六年后，我才勇敢地、轻轻地吻了相恋三年多的女友。

那一刻，女友在我的怀中泣不成声。